Olhos de bicho

Esta obra foi selecionada pela
Bolsa Funarte de Criação Literária.

Olhos de bicho

Ieda Magri

Copyright © 2013 *by* Ieda Magri

Direitos desta edição reservados à
EDITORA ROCCO LTDA.
Av. Presidente Wilson, 231 – 8º andar
20030-021 – Rio de Janeiro, RJ
Tel.: (21) 3525-2000 – Fax: (21) 3525-2001
rocco@rocco.com.br
www.rocco.com.br

Printed in Brazil/Impresso no Brasil

Preparação de originais
NATALIE ARAÚJO LIMA

CIP-Brasil. Catalogação na fonte.
Sindicato Nacional dos Editores de Livros, RJ.

M178o	Magri, Ieda
	Olhos de bicho / Ieda Magri. – Rio de Janeiro: Rocco, 2013.
	ISBN 978-85-325-2848-3
	1. Romance brasileiro. I. Título. II. Série.
13-2127	CDD-869.98
	CDU-821.134.3(81)-8

Se esses olhos ganham vida, então é a vida da fera espreitando a presa e, simultaneamente, acautelando-se.

— WALTER BENJAMIN

Para José Mário Tamas

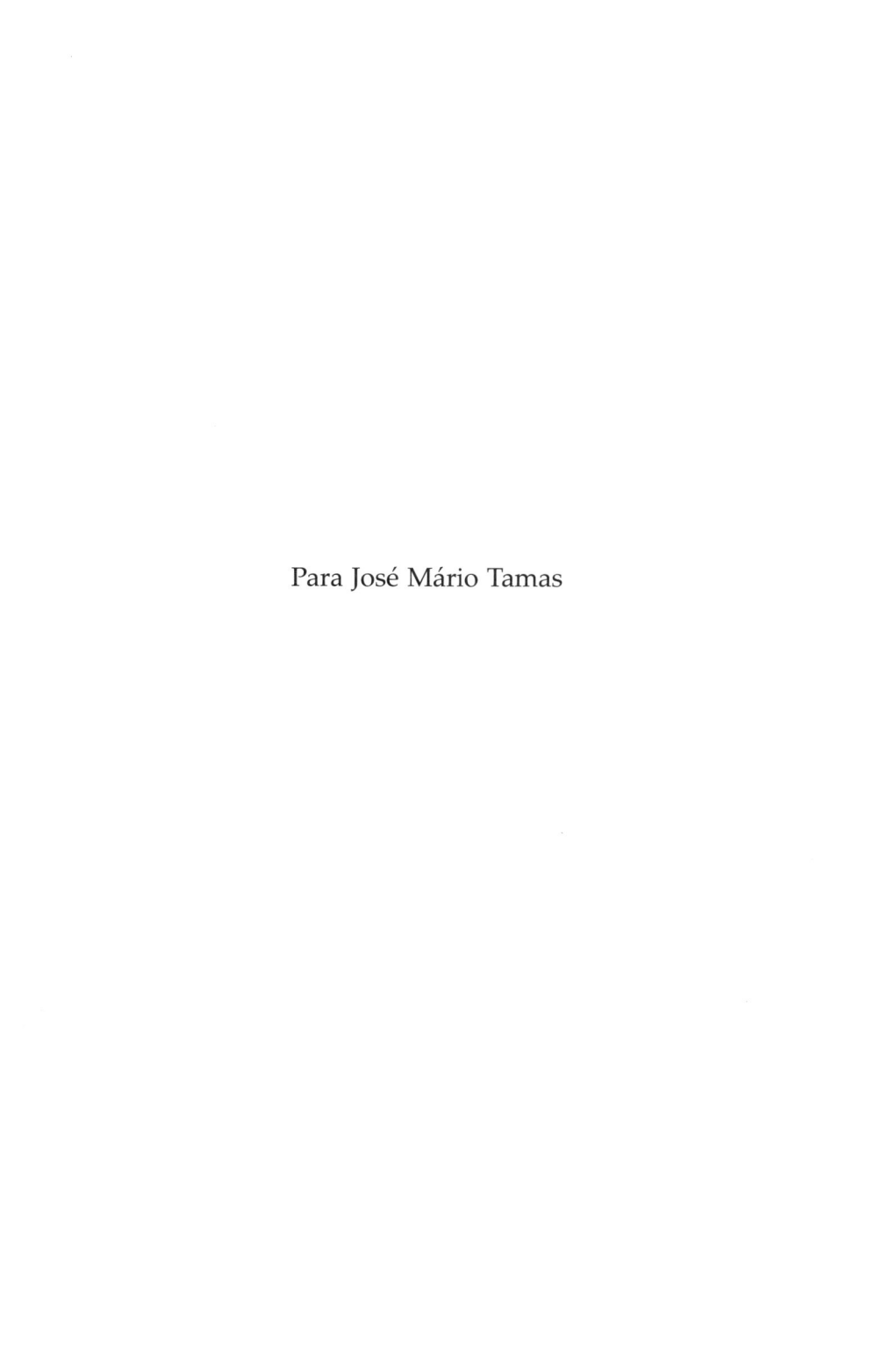

Sempre que passo pela rua, sem me dar conta, olho pra cima. Quem sabe um vestígio de acontecimentos passados? Quem sabe um filme do fim ao começo e as pessoas recobram o viço, a bala volta ao revólver, as vísceras no caminho do corpo, o sorriso, o susto estampado de novo no rosto?

Não sei o que acontece quando as coisas caem assim, sem avisar. Desde criança que ouço, Você é muito sensível. Eu e os tapas das meninas no colégio, a merenda dividida mesmo que eu não quisesse, não sei quantas ave-marias, e a diretora dizendo à minha mãe, Sua filha é muito sensível, senhora. Mas não sei que outra sensibilidade têm essas mulheres que podem ver tudo, se sujar das coisas dos outros. Que culpa tenho se desprevenida na rua do Catete meu passeio se transforma num esparramo de membros, de sangue, de vozes, de olhares curiosos sem direção porque sem saber se olham pra cima ou se olham pra baixo, onde está a prova de um percurso abreviado?

Só posso imaginar que razão teria a mulher de despencar assim. E não era nem gorda.

E sem aviso? Nem um grito, um suspiro, nem um vidro quebrado, nenhuma tentativa de recuar, nada, nada. Só um fardo que cai na calçada e se espatifa no chão como se a empregada, Ai, que descuido, deixasse cair o saco de lixo, pesado. Mas nenhuma mão esboçando o alcance, nenhum balanço de cabeça lamentando a caída. Empregadas não há. Ninguém conhecido pra recolher o lixo que caiu da janela.

Os camelôs olham curiosos, com receio de remexer os bolsos, quem sabe um bilhete? Uma carta? Dinheiro?

As Lojas Americanas vendem patins, os CDs tocam. Pessoas de costas sem se dar conta do acontecimento. Mais além uma moça lambe sorvete, o china vende pastéis, crianças desavisadas da vida puxam as saias de suas mães, exigem brinquedos caros. Cachorros vadios não há.

Nem o porteiro, não vejo ninguém de uniforme. Não vejo ninguém. Só um corpo invisível, um vento, um véu e o céu se distanciando dele, o sol já quente tão cedo, meus tênis de caminhar sujos de sangue e um pouco de gosma branca teima em grudar nas portas dos carros. Depois um enxame de olhos acesos, gente com as mãos na boca, outras gentes correndo sem desviar os olhos, só eu que não preciso olhar nada pra ver. Depois um saco de lixo preto que não sei como vai parar em cima da poça e a longa demora do carro que recolhe. Se olho pra cima ainda vejo um nada caindo, um azul mais fraquinho, um risco ligeiro, quase uma ilusão caindo com pressa.

O cheiro úmido nas minhas carnes e ninguém pra fechar a janela do sétimo andar.

Último andar

A característica principal do espírito maori é sua instabilidade. Seu equilíbrio mental está à mercê de mil incidentes cotidianos, ele é o joguete de circunstâncias exteriores. Como seu cérebro não foi submetido a uma cultura moral e intelectual prolongada e metódica, falta aquele balanceamento mental característico dos povos altamente civilizados. Ele é incapaz de governar-se. Chorará e rirá pelas razões mais fúteis; explosões de alegria e de tristeza podem desaparecer num instante... Nesse curioso estado mental chamado "histeria do Pacífico", o paciente, após um período preliminar de depressão, fica subitamente excitado, pega uma faca ou uma arma e precipita-se através da aldeia, golpeando todas as pessoas que encontra, causando danos sem fim, até cair, exausto. Se não encontrar uma faca, ele pode ir até a falésia, lançar-se no oceano e nadar várias milhas até que o salvem ou se afogue. Essa excitação histérica ou violenta é comum a todas as ilhas, assim como o estado oposto de depressão súbita e profunda... Portanto, num povo que é assim, altamente emocional, cujo cérebro se acha num ponto de equilíbrio instável, sujeito a uma excitação excessiva ou a uma profunda melancolia; num povo que não tem medo da morte, no qual o instinto de preservação da vida é espantosamente fraco, que é profundamente supersticioso, que atribui poderes maléficos ilimitados a seus deuses e aos feiticeiros malignos, quando alguém que possui essas características mentais num grau acentuado se convence de que é vítima de um deus poderoso ou de um tohunga (feiticeiro), o choque nervoso excessivo toma todo o sistema nervoso parético; ele não oferece resistência ao estado de estupor que então ocorre; o indivíduo se absorve em si e se fixa na ideia da enormidade de seu pecado e do caráter desesperado de seu caso; ele é vítima sem esperança de uma melancolia de ilusão, ilusão todo-poderosa que o submerge: ele ofendeu os deuses e morrerá. O espírito privado de equilíbrio sucumbe sem combate à violência causada pelo choque de um medo supersticioso invasor.

A crença na eficácia das palavras, no mais das vezes, é a responsável pela morte por sugestão coletiva. O suicida, se assim se pode chamá-lo, não toma morfina, não usa uma arma, não ultrapassa a abertura de uma janela, embora esse seja o desfecho nas sociedades altamente civilizadas nas quais, supostamente, ao contrário dos maori, os homens não são mais vítimas de superstições.

Em Portbou, na noite de 26 de setembro de 1940, W. B. ouviu as palavras, A passagem pra Espanha está fechada, e tomou uma grande dose de morfina. Na manhã de 28 de março de 1941, ouvindo vozes há algum tempo, V. W. afogou-se no rio Ouse, na Inglaterra. Na madrugada de 18 de novembro de 1966, Évelyne Rey, a grande atriz dos textos de Sartre, e que também foi uma de suas namoradas, e de Deleuze, tomou barbitúricos e um veneno de efeito irreversível em sua casa, na *rue* Jacob, 26, em Paris. Quando seu irmão, Claude Lanzmann, chegou ao quarto, ela estava deitada de lado, com o rosto lindo, doce, calmo. Não se sabe que palavras ouviu. M. Y. ou K. H. preparou seu suicídio por um ano. Quase ao meio-dia de 25 de novembro de 1970, no quartel de Ichigaya, Tókio, depois de um discurso no qual instigava os soldados a resgatar as tradições japonesas, M. Y. ou K. H. se matou. 26 de julho de 1983. Era noite e era sábado. A. C. corre nua do banheiro até a janela do apartamento da rua Tonelero, em Copacabana. Está magra e nua, caindo da janela do sétimo andar.

Uma noite Emma assistia a um filme na TV e o telefone tocou. Quem seria a uma hora daquelas? Atendeu com um Louis, é você? E não pensou em nada enquanto, de pé, segurava com a mão esquerda o gancho e com a direita o fio do telefone, mordiscando os lábios pintados de vermelho e olhando pra junção da parede e da porta de saída. Ouviu: Instruções pra se matar 1: lá no fundo está a morte, mas não tenha medo. É só você pensar na sua noite vazia, vendo um filme ruim na TV. Pausa. É só você pensar na solidão que recomeça a cada manhã. Pausa. É só você se dizer que não tem nada e nem a quem deixar. Que não tem nada a esperar de amanhã. Que mais quer? Que mais quer? O fundo do mar é limpo e transparente. Cair sentada em seu fundo com os bolsos cheios de pedra deve ser agradável. Antes mesmo de fechar os olhos você vê vários corais, pedras cheias de musgos, peixinhos coloridos nadando de um lado pro outro. Você cai com todo seu peso no fundo do mar e a caída é leve, tranquila, sem impactos.

Antes de começar a estremecer você ainda agradece uma morte tão linda, seus cabelos compridos (é importante, deixe os cabelos crescerem primeiro) ficam retos e ondulantes e são os últimos a cair sobre os seus ombros, numa carícia. Não tente respirar e não sentirá dor. Repouse a cabeça sobre as algas. O mundo já não tem importância.

Nenhuma risadinha, nem música, nenhum ruído. Emma pensou se era uma gravação, quantas pessoas no mundo haviam recebido a mesma mensagem naquele momento e ficou estranhamente calma, tranquila, quase feliz. Pensou se contaria isso a alguém e decidiu que não. Durante a noite não conseguia dormir, pensava naquela voz, parecia tê-la ouvido antes. Pensou em todas as mulheres que conhecia, até em atrizes com quem havia brigado, em suas amigas deprimidas. Talvez não fosse pra ela a instrução, mas de alguém que pretendesse usá-la. Pensou em suas amigas de cabelos compridos, as que deixaram crescer no último ano. Nenhuma. As mulheres não usam mais cabelos compridos. Era uma quinta-feira, teria que esperar uma semana pra contar a R. sobre a estranha ligação. Pra Louis era melhor não falar nada, seria uma preocupação inútil pros dias dele em Nova York. Talvez, se se lembrasse, contaria no Natal.

No dia seguinte Emma foi ao ensaio de *O zoológico de vidro*. Fazia o papel de Laura, a filha terrivelmente tímida, sua palavra preferida naqueles dias era *cripple*, e viu que o caminho estava diferente. Viu as árvores, o sol vazando entre os ramos, a brisa agradável que vinha do mar, tudo parecia estar mais aceso. Que estranho fazer o papel de um ser fechado, Que estranho ser inverno no palco com o calor que faz aqui fora, Todos aqueles animais de vidro, Que bom ser outra. Alguma coisa que dormia agora estava acordada em Emma, como se abrir os olhos pro que estava fora de si mesma fosse capaz de mudar tudo. Pela primeira vez naquela semana o diretor sorriu e agradeceu a evolução da atriz em seu papel, e na volta pra casa Emma ficou pensando se foi a pequena morte que ela experimentou enquanto ouvia a voz de mulher do outro lado da linha que tinha sido responsável por aquela sensação de liberdade e expansão.

R. encontrou Emma, na quarta-feira seguinte, como há muito não a encontrava, quase feliz.

Emma passou a esperar o telefone tocar à noite e era quase com tristeza que ouvia a voz de Louis do outro lado do oceano. Tinha pressa em desligar, nada mais era importante contar ao filho se não pudesse dizer daquela outra ligação que agora se fazia mais profunda e necessária. Era doce esperar por aquela voz de mulher, por suas pausas bem colocadas, pela imagem de sonho que, adivinhava, viria de novo. Ou talvez não, ela não ligaria mais. Uma vontade de ver o mar, entrar nele, ir afundando até o limite. Emma aproveitava os fins de tarde pra treinar a descida de olhos bem abertos, na cama. Tinha certo horror de areia, maresia, aquela sujeira não a agradava. Só se alcançasse o mar sem tocar na areia. Um caminho fofo de cobertores, tapetes finos e limpos.

No dia antes de sua estreia, Emma recebeu a ligação. Dessa vez ouviu-a sentada no pufe vermelho que tinha colocado estrategicamente ao lado da mesinha do telefone. Instruções pra se matar 2: Você já sentiu como é frio e úmido o fosso do metrô? Pausa. Já prestou atenção na velocidade do trem, no seu tamanho, em seu peso? Pausa. Já pensou em quanto seria rápida uma morte nos trilhos do trem? Ao contrário da beleza que há em encher os bolsos de pedra e ir devagarinho afundando na água, o corpo cederia a um impulso, a um chamado seco e urgente dos trilhos do trem. Sem tempo pra pensar em nada, pra sentir nada. Você pensa em alguém que é você mesma e na porcaria de vida de mulher solitária nessa rua barulhenta e se joga. Antes de se dar conta de qualquer coisa o trem já passou. O essencial não é pensar que não vai ter tempo de sentir dor, mas na dor que você, sozinha com seu ato, pode causar às pessoas. Poucas vão ver o que aconteceu, algumas sentirão talvez o cheiro do sangue quente, verão alguma sujeira, mas só as que estiverem próximas a você. As outras chegarão atrasadas ao trabalho, o trem para de funcionar pra que recolham você em pedaços e façam a limpeza pra impedir o choque das pessoas que têm religião, e se perguntadas sobre o atraso não saberão dizer por que o trem parou. Você, e só você, será responsável pelo ato radical que foi capaz de desacelerar o nosso tempo por alguns minutos.

A voz era suave, apesar do terrível da imagem. Ao desligar o telefone depois do sinal de fim emitido pela outra, Emma se perguntava o que fez com que ouvisse até o fim. Aquela imagem estragaria tudo. Precisaria ficar longe do metrô, prestar atenção ao volante, morrer esmagada era qualquer coisa abominável. E justo na estreia! Amanhã estaria histérica, suas mãos incontroláveis, Se bem que seria ótimo pra personagem... Mas como iria pro jantar depois, como sorrir e receber flores se elas remeteriam a um caixão fechado?

Antes do ensaio geral, no dia seguinte, apesar de sua insistência em dizer não ao que passava sem parar pela cabeça, Emma entrou no metrô do Largo do Machado. Desceu as escadas cerimoniosamente, dividida entre o desejo de ir adiante e voltar atrás. Sentou-se numa das cadeirinhas azuis pra pessoas com deficiência, idosos e gestantes e ficou olhando o trem passar. Uma velhinha falou com ela e Emma teve que sorrir. A velha achou-a pálida e perguntou se passava bem. Ela disse que Sim, que Tudo bem, levantou-se e caminhou em direção ao fosso. Era frio lá embaixo, apesar do calor que sufocava na plataforma. Era escuro e agradável até. Experimentou ficar bem próxima do fosso, olhos pra baixo, e respirou aquela umidade, viu as faíscas que saíam dos trilhos, mas não ouviu o barulho do carro. Estava paralisada, presa na imagem de seus pedaços lambuzados de sangue até sentir um vento e as mãos de um homem que a puxava pra trás. Saiu correndo, sem agradecer, enquanto as pessoas comentavam que ela parecia perturbada e logo se esqueciam de tudo. Era verdade, só os mais próximos poderiam ver de fato o que acontecia. Quando Emma ganhou a rua, sentiu que tremia a ponto de o tremor ficar visível às outras pessoas que se aproximavam e ofereciam ajuda. Sem dizer uma palavra, tomou duas aspirinas aceitando a garrafinha de água de um garoto e resolveu andar um pouco antes de pegar um táxi pro ensaio geral.

 Gisela foi ao espetáculo com alguns de seus alunos que ainda frequentavam as aulas de sexta-feira e reservou lugares próximos ao palco pra poder olhar nos olhos de Emma. Foi quase decepcionante ver aquela mulher segura no palco, tão merecedora dos aplausos, senão por um leve estremecimento, que só os que estavam na primeira fila foram capazes de ver, na hora em que ela recebeu uma dúzia de rosas vermelhas. Também o sorriso perdeu por um segundo a firmeza, mas ela ergueu depressa o olhar e afastou qualquer risco de mostrar-se descontente.

Emma olhou pra plateia numa tentativa remota de ver a mulher dos telefonemas, Uma pessoa estranha nas primeiras filas, quem sabe, talvez nas últimas. A pessoa não iria se expor tanto, e, se sim, ficaria na última fila, sozinha, no escuro mais escuro da sala, e ali não se via nada e já os abraços se sucediam, os parabéns, os convites pra jantar e mais flores, bombons, um conhaque, e logo a sala estava vazia.

Aparentemente tudo estava como tinha que ser: a mesa com vinte lugares esperava os atores e seus convidados. Cada um tomou seu lugar, evitando ficar ao lado dos amigos do diretor. Ninguém queria ouvir críticas nessa noite e muito menos Emma, que sentou de frente pra porta. Tinha a impressão que a qualquer momento poderia entrar a mulher do telefone. Esteve atenta a noite toda, bebericando seu vinho e fingindo prestar atenção na conversa. De vez em quando um sorriso involuntário escapava pelo lado esquerdo de sua boca. Quando passou a ser insuportável olhar pra porta que já não se abria, Emma pediu licença e foi ao banheiro. Olhou-se no espelho e pensou que não ia tão mal, tinha uma carreira de sucesso, um filho que mal ou bem já tinha sua vida encaminhada, podia fazer o que quisesse. Enquanto enumerava mentalmente as coisas boas que pensava de si mesma, a imagem do trem que passava em alta velocidade e sumia no buraco escuro embaixo da terra, talvez bem embaixo dos seus pés, ia crescendo, crescendo até fazer barulho e balançar de novo seus cabelos. A voz agradável daquela mulher, Jovem?, Bonita?, repetia: Já prestou atenção na velocidade do trem? Quando Emma voltou à mesa a conta já estava paga e todos se preparavam pra sair. Ela aceitou a carona, tomou duas aspirinas e foi dormir.

No dia seguinte Emma acordou com febre e no outro e no outro. A Laura do palco se apagava a cada dia e Emma viu com olhos de fogo uma substituta que aprendia suas falas. Só percebeu o que acontecia quando a outra já se preparava pra subir no palco e fazer as mesmas cenas que ela tinha levado meses pra descobrir. O diretor disse que era só por precaução, Emma entendeu que não precisava mais aparecer. Fez compras, se trancou em casa e ficou esperando o novo telefonema, que veio três dias depois, justo enquanto ela dormia no chão da sala. Ouviu: A campainha vai tocar. Pense bem antes de atender porque se você deixar ele entrar, não terá mais sossego. O bicho é grande e dele está cheio lá fora. Você já olhou pra baixo pela janela da sua sala? Já viu como as pessoas correm? Todas são perseguidas desde que abriram a porta. Uma vez dentro, o único jeito de fugir é pela janela. Esta é a última instrução. Emma pousou o fone e ficou pensando um momento antes de se levantar e olhar pela janela. Àquela hora da noite só alguns meninos magros usando casacos maiores do que eles e bonés com a aba pra trás andavam na rua. Poucos carros, de vez em quando uma moto com a porcaria da descarga aberta. Era impossível manter a janela aberta sem uma música pra esconder o barulho. Subiu no sofá e ficou se balançando na janela; metade do corpo pra fora, metade pra dentro. Tentou descobrir a lua entre os prédios, mas no pedaço minúsculo de céu só tinha nuvens e duas estrelas de pouco brilho. Colocou o fone de ouvido num volume alto o bastante pra não ouvir nada e ficou olhando a rua, o carro do lixo que passava, Um, dois, cinco táxis, bicicletas, uns travestis, três meninas de shorts minúsculos, e pareceu ouvir a campainha. Virou-se de uma vez sem afastar os fones dos ouvidos. Procurou por sombras por debaixo da porta e viu quatro pernas grossas. Era um rabo? Apagou a luz do abajur e ficou sentada no chão sem se mexer, olhando fixamente pra porta. Achou que batiam forte, que a porta se mexia, olhou pro trinco e de novo pra baixo e não viu mais sombra alguma. Correu pra porta, tirou o fone do ouvido e só conseguiu ouvir o barulho de seu coração batendo. Voltou-se, fechou a janela, bebeu o resto de uísque do copo esquecido no chão da sala e aproveitou pra engolir mais duas aspirinas. Ouviu atentamente todos os ruídos, tentando adivinhar as imagens deles até adormecer. Então sonhou com o touro pela primeira vez.

No sonho ela corre do touro, que investe em sua direção pelo leito de um rio vazio. Um enorme descampado que só abriga a ela e ao touro. Nenhuma árvore, nenhuma flor. Não há barulho que indique a presença de pássaros. Só o céu sem nuvens, Emma e o touro. Na medida em que ele se aproxima, ela sente sua respiração, vê-lhe, embora sem olhar pra trás pra conferir, a baba escorrendo da boca e os chifres afiadíssimos tomam uma posição que esconde a cara do touro. Não dá pra ver a intenção dele nos olhos, só uma cara com chifres, duas aspas querendo enterrar-se entre as costelas. Emma corre mais e mais, por sorte é magra, ágil no sonho, quer apanhar uma pedra, voltar-se e desafiar o touro, mas não há pedra, não há gravetos, nada, um leito de rio-asfalto, liso, limpo, e parece-lhe que quando ergue os olhos vê grama, agora pedras, paus, tocos, mas vê também a cerca e pensa que poderá alcançá-la. Sente-se cansada, mas sabe que com certeza alcançará a cerca, então diminui o passo pra poder atravessá-la por baixo dos arames. Já sente a alegria de ver-se livre do touro e se abaixa pra atravessar a cerca quando sente os chifres atravessarem sua carne pelas costas. O touro vai atirá-la de volta ao vazio, ao terreiro enorme, leito de rio seco, asfalto de quatro avenidas desertas de carros, e ela terá que enfrentá-lo, só ela e o touro, cara a cara. Sentirá que é pequena como um cisco e não terá remédio a não ser ceder, entregar-se às ganas do bicho. Não, isso não! Grita sem voz um grito mímico e, num ímpeto, agarra-se à cerca de arame farpado.

E assim Emma acorda, as mãos em carne viva e as costas com vergas fundas exibem as carnes moles e brancas de gordura. Tem a impressão, mesmo antes de conseguir ver os móveis da sala borrados, de que conseguiria se livrar do touro, mas o sonho não deixou, não lhe deu a chance de acabar a perseguição. Quando acorda mesmo, toca o corpo pra se certificar de que não há sangue, sente a cabeça doer, o suor nas axilas e no pescoço, está pesada, com uns dez quilos a mais, e com dificuldade se levanta do chão e senta no sofá. Fica assim um momento, olhando pra porta, vendo a sala girar, e corre até o banheiro pra vomitar.

Durante todo o dia Emma ficou observando a rua e as pessoas pequenas lá embaixo. Quando se cansava de sustentar a cabeça com os cotovelos apoiados na janela ia até a cozinha e fazia um café. Sentava no chão, com as costas na borda do sofá e olhava fixamente pra porta. Depois tomava decisões das mais absurdas, como planejar uma viagem, ir visitar o filho em Nova York, passar um tempo na casa de R., na Urca, fazer uma pós-graduação em qualquer país desenvolvido. Então voltava à janela, calculava seu peso, a distância entre a janela e o chão, as pessoas levando as mãos à boca, dois ou três carros batendo por causa da curiosidade dos motoristas, o pedinte paralítico com a latinha de moedas na mão se levantando e correndo, tentando limpar o sangue que grudou na sua única camisa, o banco fechando as portas temporariamente e então vê R., que toca o interfone e entra no prédio. Emma corre e se certifica de que deu duas voltas na chave. Coloca o fone de ouvido e se tranca no quarto. Ouve a campainha tocar uma, duas, três vezes, coloca o travesseiro sobre a cabeça, se cobre com o cobertor e continua ouvindo agora as batidas na porta, e depois o silêncio. Espera um pouco e já vai se levantar quando o telefone toca. Ela deixa a secretária atender e gravar o recado de R., que pergunta onde ela está e por que não avisou que iria sair. Tem vontade de correr à janela pra vê-lo se afastar, mas desiste. Embora não seja de seu feitio, ele poderia olhar pra cima e acenar ou voltar. Fica assim ainda um tempo, fumaria um cigarro, mas deixou o maço na sala e por isso joga o travesseiro no chão e caminha até a janela outra vez. Parece que a casa toda sacoleja, como se Emma viajasse no dorso de um animal imenso.

Sente náuseas, o sol é quente demais nesse deserto e o vento, frio. As pessoas parecem formigas cegas carregadas de folhas, fazem cócegas, o animal está correndo. Pra uma pessoa grande só com duas pernas é difícil se equilibrar. Ainda bem que a superfície é grande. Emma tenta imaginar qual é a parte desse enorme animal que habita, mas só pode ver se conseguir um mapa, já não sabe o nome de muitos lugares, na cabeça a geografia é pequena, o tamanho de uma ferida, do Centro ao Leblon e só, e nem todas as ruas, algumas poucas praças cheias de pessoas que fingem descansar enquanto avaliam a possibilidade de um bolso mais fácil, uma bolsa meio aberta, os playgrounds cheios de crianças com suas empregadas, avenidas, ruas, milhares de carros, a moto de ontem à noite, mais embaixo o metrô, pessoas, pessoas, pessoas, umas grandes, outras pequenas, bronzeadas de sol, loiras, negras, barulho, alguém fala alemão, são dois rapazes, umas moças falam francês, Emma ouve todas as línguas, algumas não conhece, quando passa o trem é só um barulho e ela volta pro apartamento e tenta pensar em como são as outras partes dessa superfície doente. Se o animal deitasse agora, qual parte ficaria por baixo? As pessoas perderiam o equilíbrio, conseguiriam se levantar, na parte que não tem nada esmagado? E se em vez de deitar ele caísse, sobraria alguém, alguma coisa? É fácil subir num tigre, mas como descer?

Pensa no telefonema e de onde ele teria partido. Precisa trancar melhor a porta. Decide colocar o sofá encostado aí e liberar a parede da janela. Fazer uma limpeza na casa seria bom, aliviar o peso, são muitos objetos sem utilidade, Na cozinha, então, E no quarto. E no quarto do Louis. As roupas que ele deixou cabem todas numa mala, melhor colocar tudo ali dentro pra quando ele voltar, se ele voltar, pegar a mala pela janela e procurar um lugar pra morar. O armário vazio, de portas abertas, nada mais nas paredes, a cama exibindo o colchão. Pronto, a casa fica melhor sem nada sobrando. O quarto de Emma não precisa de nada mais que o travesseiro, as roupas podem ir pela janela, as pessoas lá embaixo vão gostar.

O porteiro bate à porta, grita lá debaixo, pede a Emma que pare de jogar coisas, senão vai chamar a polícia. Emma coloca o fone de ouvido e fica de cócoras encostada na parede da janela, mãos nos ouvidos. Permanece assim até que pensa que pararam de se dirigir a ela, sobretudo isso, se dá conta, Parem de se dirigir a mim. E faz um café, procura qualquer coisa de comer, algum biscoito que as formigas não levaram, fecha a porta também da cozinha e fica ali, no quadrado minúsculo, e pensa que é tão bom o silêncio e o cheiro do café. Então percebe que alguém força a porta de entrada. Encosta o ouvido na parede da cozinha, está protegida, e não vão mesmo conseguir abrir a da sala, tem o sofá pesando a passagem. Mas já ouve os dedos tocando a porta da cozinha e compreende que entraram. O que é pânico? Há homens pelos corredores, sobem as escadas em grupos fazendo sinais com as mãos, logo virá o gás lacrimogêneo, há armas por toda parte, vão demolir o prédio? Aguarda que a prendam, que mandem levantar os braços, que alguém chame ou se aproxime baixando a arma. Pega, rápida, uma faca de cozinha e aponta pra porta. Espera um momento e ela não se abre. Então Emma pousa a faca na pia, abre a porta da cozinha e o cheiro de café invade a sala sempre tão vazia de móveis, a porta principal repousa em seu lugar, o sol entra pela janela. Ela dá um suspiro, enche uma xícara de café, acende um cigarro e apaga, prefere os restos de biscoito, senta-se à mesa da cozinha e fica ali, calma e tranquila, o rosto quase sorrindo.

Emma decide devolver o sofá a seu lugar. Imagine a explicação que teria que dar a R. quando ele aparecesse. Pensa se é quarta, que dia da semana é, mas só dá pra ver que é de manhã. Há tempo pra tudo. Coloca meias e tênis como quem vai dar uma bela caminhada e começa a arrumar a casa. O sofá fica melhor sob a janela, é bom ficar de joelhos olhando o depósito de calçados no prédio em frente, é bom ficar deitada vendo um pedacinho de céu.

Nessa calmaria, as três batidinhas na porta se fizeram ainda mais audíveis, como visível foi o susto de Emma. Pulou de corpo inteiro no sofá e agradeceu pelo silêncio da casa. Poderia ficar ali sem se mexer até a pessoa ir embora. Mas era R. e R. tinha lembrado da chave. Quando aquele rosto conhecido avançou pela sala, Emma se encolheu no sofá, abraçou a almofada que estava sob a cabeça com uma das mãos e foi subindo o corpo, meio de lado, até a mão direita alcançar a janela. Um aviso, Você avança e eu caio, mas R., sem alterar sua calma habitual, alcançou seu coração, pousou a cabeça ali e ficou dançando as mãos nas costas de Emma por um longo minuto, e mais um, até o coração se acalmar. Então se afastou um pouco do corpo já sem resistência e fixou seus olhos nos dela. Não disse nada audível, mas a pergunta era, O que está acontecendo? e não exigia nenhuma resposta. Depois vinha, Por quê? e Emma não sabia responder. R. olhou em volta e achou que seria melhor recolher os pedaços da TV, um canto ou uma tampa estava embaixo da estante de livros, os livros rasgados espalhados pela sala inteira, o abajur virado, a mesinha de centro com uma perna quebrada. Perguntou de novo, O que se passa? e a resposta era dele, Emma, você precisa de ajuda. Os olhos dela se ergueram e ela viu, então, a pequena mudança que ocorria em R.: dois caroços cresciam, um em cada lado de sua cabeça. Ela não se mexeu, mas jurou sentir uma protuberância, um rabo? grande e grosso descansando no sofá. Pediu água pra vê-lo de costas e quando ele se afastou um pouco ela correu e se trancou no quarto de Louis. R. voltou-se e com calma pediu que ela abrisse a porta, tomasse a água, conversassem um pouco e ele iria embora. R. ouvia barulhos tremendos, Emma quebrava os quadros que tinha esquecido nas paredes e gritava pra ele ir embora, Animal. E Emma lembrou-se do sonho e do que veio antes, da mulher do telefone. Compreendeu que pra se livrar do touro seria necessário voar. No voo não há cercas, arames farpados, fronteiras, voando se vai a Nova York, a Paris, bois não voam e não alcançam quem voa, e Emma ficou ensaiando com um quadro da mãe nas mãos os voos rasos, experimentou subir, descer, fazer curvas, e ouviu as batidinhas irritantes na porta e a voz do animal que exigia, abrisse a porta, conversa, clínica. Uma fala macia que deixava um vidro de calmantes sobre a mesa da cozinha e pedia que tomasse um ou dois e não fizesse bobagem, ele voltaria com um médico, se quisesse, sim, podia até tomar o vidro inteiro ou se jogar pela janela, fizesse o que quisesse, a vida era dela, ele já estava de saco cheio dessa brincadeira, Por que você não acaba com isso de uma vez? E Emma sentiu crescer a vontade de voar e sentiu o bicho fustigando a porta, dizendo É sábado, já noite, Emma, vamos, abra essa porta, e ela viu que ele raspava a pata na terra e que saía uma baba escura da sua boca e que preparava os chifres pra investir contra ela, dava uma corrida pela sala e voltava a bater seus chifres contra a porta e dizia Já está amanhecendo, Emma, vamos, me enfrente, balance esse seu pano vermelho, mostre-se, venha pra arena, e de novo a baba, as patas raspando a terra, a corrida em volta da sala, e Emma então abriu a porta, vestida de toureira e com asas, e dançou na sala vazia, toda arrumada, e via as pessoas sentadas nas arquibancadas em volta e pensou como seria bonito seu salto quando o touro investisse com toda determinação contra ela. Estavam um em cada lado da arena, ele próximo à porta de saída, os chifres enormes, afiados, reluzentes, o rabo balançando de um lado pro outro, tocando uma música furiosa, as patas, uma na frente da outra, prontas pra arrancada, ela, mais à direita, foi se movimentando calculadamente em direção ao centro e balançou sua bandeira da loucura tingida de vermelho, viu quando ele raspou pela última vez o chão e, com olhos bem abertos, embora baixos, avançou em sua direção. Ela deu um salto pra trás, equilibrou-se no sofá, enquanto ele parava e recalculava o ataque, e então ela avançou num salto definitivo, e voou pela janela, enquanto os chifres enormes se mostravam já murchos.

Hall de entrada

CENA 1

LEITORA 1: Eles eram jovens e pensavam que felizes naquela manhã de março de 1979. Reunidos no teatro da universidade participavam do ensaio geral da montagem de final de curso de direção teatral de R. *(olhando para o leitor 2)*: O diretor de teatro, que viria a ser o grande amigo de *(olhando para o leitor 1)* R. estava então no papel do quase inexpressivo segundo irmão da personagem principal e dizia apenas uma frase enfática: *(fazendo voz de homem)* "A malarioterapia é troço superado!" Tinha outra: *(fazendo voz de homem)* "Bonito!", mas ele sempre esquecia de dizer e o primeiro irmão avançava com a sua. Usava uma bermuda jeans de fecho ecler vermelho que deixava à mostra somente suas canelas finas e uma camiseta cinza-clara que ressaltava a magreza e o caimento dos cabelos compridos. Fora do palco, já exercia bem a profissão futura, percebendo o atraso da atriz principal e o sumiço inesperado de R. quando a cena exigia os dois.

LEITOR 1: O espetáculo *Perdoa-me por me traíres*, de Nelson Rodrigues, foi escolhido por *(um gesto para si mesmo)* R. pra dar o papel principal, o de *(olhando para a leitora 1)* Glorinha, a quem ele considerava sua quase namorada da época, a que viria a ser, depois, a mãe de seu único filho. Pensava, no momento da escolha, em fazer o papel do tio Raul e foi com grande relutância que abandonou a ideia depois de muitos conselhos do professor da cadeira de montagem, que lembrou a R. o que estava em jogo: a avaliação de sua capacidade de diretor. R. poderia ter dado o papel a qualquer um dos atores, mas temendo que o bom desempenho do ator na cena final arrebatasse a sua Glorinha, escolheu o mais feio. Justificou a escolha com um breve tratado psicológico da personagem insinuando um trejeito homossexual.

LEITOR 2: Naquela manhã, notou o *(gesto para si mesmo)* diretor de teatro, *(olhando para a leitora 1)* Emma, a Glorinha do palco, estava um pouco distraída e, justo no ensaio geral, parecia pensar em outra coisa. No segundo ato, Emma e *(olhando para o leitor 1)* R. desapareceram do ensaio, que não chegaria ao fim. Mas o diretor de teatro e seus colegas atores ainda não sabiam que a peça nem chegaria a ser encenada. Ele assumiu o ensaio e dirigiu com grande esmero a mãe de Glorinha, Judite no palco e Linda fora de seu papel, a atriz que viria a ser sua mulher nos próximos 13 anos.

Do seu lugar de diretor assistente de última hora, o diretor de teatro viu R. e Emma muito próximos um do outro. Não era um abraço, mas através da fresta da porta entreaberta dava pra ver que os lábios, peitos e pernas dos dois chegavam a se tocar. R. tinha os braços soltos ao longo do corpo, ou pelo menos o esquerdo, que estava visível e pendia com o peso de um grosso livro. Era de se supor que o outro, não aparecendo nas costas do corpo magro de Emma, se tivesse deixado ficar naquela mesma posição. Assim, sem abraço, não parecia um beijo bom.

LEITORA 1: Nem Emma achou que o beijo correspondia ao seu desejo naquela manhã incerta. Havia ligado muitas vezes pra R. na noite anterior, muitos recados nervosos ficaram gravados na secretária eletrônica e ele não tinha retornado nenhuma ligação. Chegou mais cedo ao ensaio na esperança de falar de maneira reservada, mas ele chegou em cima da hora e de mau humor. Não encontrou outro jeito de chamar sua atenção senão cometendo pequenos erros em cena. Deu certo, aquele momento de descanso que o autor concedia à Glorinha, fazendo-a recuar ao plano do passado pra dar lugar à cena de Judite, seria usado por Emma com economia de palavras. Estava disposta a fazer seu anúncio de Estou grávida de maneira delicada, doce e com a maior sutileza possível.

Enquanto se beijavam, ela inteira ali, no beijo, notou que R. não se aproximou pro ato esperado com ansiedade por ela, queria apenas dar o recado, pedir que se concentrasse um pouco e que voltasse ao palco. Ela insistiu com um sorriso que permaneceu nos lábios mais tempo que o necessário e ele se aproximou pra um beijo rápido. Ela murchou os lábios e continuou a abrir e a fechar a boca, a dar pequenos estalinhos e repetir os beijos quase infantis e ele se deixou beijar até que esqueceu o propósito, a reprimenda, o palco e achou bom retribuir os beijos, talvez saíssem pra almoçar depois do ensaio.

LEITOR 1: R. suspeitou que houvesse alguma coisa errada com ela, era bonita, sim, elegante. Ele gostava de seu ar de quase histeria, de seu mistério, que fazia com que se sentisse com duas mulheres diferentes quando estava a sós com ela. Gostava de não saber se encontraria a triste, doce e submissa Emma ou a furiosa e eufórica Emma. O corpo era o que ele procurava em todas as mulheres, com seios pequenos, pernas e quadris carnudos, mas aparentando magreza quando vestido. Os cabelos longos, sempre presos de modo diferente, sem tintura, cortados em casa por ela mesma, seus gestos no palco. Era uma mulher que podia ser toda beijada, muitas vezes. Uma mulher um pouco louca. Ele gostava disso.

LEITORA 1: Emma não tinha certeza se R. correspondia ao tipo de homem que escolheria pra ser pai de seu filho, mas às vezes a solidão em que se encontrava, apesar dos espetáculos, dos ensaios, dos chopes na praia, a desorientava e ela acabou decidindo que se tivesse um filho teria mais controle sobre si mesma. Todos dizem que quando se tem um filho, sua vida passa a pertencer a esse filho. Seus problemas perdem a relevância, você encontra um motivo bastante forte pra se manter viva e minimamente feliz. Agora mesmo se dava conta de que não pensava em si havia vários dias, ocupada apenas em prever a reação de R. com seu anúncio. Ela tinha decidido não contar quando estivessem sozinhos ou quando ele não estivesse ocupado com alguma outra coisa, bem importante. Dizer do filho no dia da estreia poderia fazer com que sumisse e ela ficasse sem saber como encontrá-lo. Dizer no último dia, no ensaio geral, pareceu mais sensato.

Emma cessou os beijinhos, se equilibrou na ponta dos pés e, sem abraçar R., levou seus lábios vermelhos, lábios de Glorinha, ao ouvido dele e pronunciou as temíveis palavras.

LEITOR 2: No palco, tio Raul pergunta *(voz de Nelson Rodrigues)* "É verdade ou não que teu amante exige que lhe digas pornografias?" e, depois de um tempo cuja passagem R. não percebeu, Judite responde *(voz da leitora 1)*: "Eu me arrependo do marido, não me arrependo dos amantes!" E antes que ela pegasse o copo de veneno oferecido por tio Raul, o teatro se abalou com um estrondo horrível.

(pausa)

LEITOR 2: O diretor de teatro não se moveu da cadeira. Viu os atores deixarem o palco um a um e acender seus cigarros. Esperou que Linda ficasse com ele, mas ela tomou a mão de outra atriz e saiu pra ver o que acontecia do lado de fora da universidade. O diretor de teatro já sabia e foi ao banheiro. O barulho era de demolição.

LEITOR 1: R. empurrou Emma e suas palavras sem nenhuma violência e olhou pela janela da sala. Duas máquinas e vários homens golpeavam o prédio. O decano exibia muitos gestos e um documento que proibia a invasão, e o comandante do ataque um documento que a exigia, sem gesto e sem sorriso. Era do presidente, dava pra ver pelo timbre e pela expressão segura do homem. R. saiu pra protestar.

LEITORA 1: Emma ficou esquecida e sentada na sala e acendeu um cigarro. Olhava o chão e não pensava em nada. Ficaria ali até que tivesse ordem expressa de sair. Quando ergueu os olhos em busca de melhor posição na cadeira, talvez se recostasse, viu o diretor de teatro, que saía do banheiro.

LEITOR 2: Ele também a viu. Pegou uma cadeira e aceitou o cigarro já aceso.

LEITORA 1: Ela exibiu o maço, poderiam ficar por muito tempo ainda; não ali, de onde seriam expulsos sem remédio.

LEITOR 2: Foi ele que pensou primeiro, mas foram juntos ao banheiro feminino. Ele levou a cadeira, ela a bolsa e os cigarros.

LEITORA 1: Com a cadeira, era possível assistir à cena pela minúscula e alta janela. Os dois se equilibravam um no outro, na ponta dos pés, e dividiam o espaço dos olhos.

LEITOR 2: Ele pensou em Linda,

LEITORA 1: ela em R.

LEITOR 2: As máquinas e os homens trabalhavam com vontade. Não precisariam de muito tempo pra chegar também àquele banheiro.

(pausa)

LEITOR 2: Quando o diretor de teatro, olhando o movimento da rua da Praia do Flamengo, relembra essa cena e a conta, feliz por ter vivido o momento histórico,

LEITORA 2: a escritora pensa que seria lindo no seu romance se os deixasse ali, cada um sentado, de roupa arriada, em sua latrina, pés erguidos, durante a invasão. Se a faculdade de teatro só tivesse sido invadida, e não demolida, ela poderia deixá-los no banheiro durante semanas, comendo papel higiênico e bebendo água da torneira do banheiro imundo. Teriam uma vantagem sobre a mãe de todos os poetas mexicanos: seriam dois. Poderiam fazer muitas coisas pra passar o tempo. De vez em quando algum policial que faria a ronda iria se aliviar no banheiro, Que importa se de moças!, e então os dois teriam que se abraçar e ficar sobre uma latrina, quase sem respirar, e Emma pensaria que talvez seria melhor se ele fosse o pai de seu filho e ele deixaria de pensar na Linda e os dois se dariam conta de que ninguém tinha sentido a falta deles.

    Ficariam fracos de fome, teriam os corpos doloridos de dormir no chão ou de tanto permanecer sentados sobre o vaso, falariam por sussurros e construiriam uma intimidade e uma confiança tal que seriam hilárias no futuro.

Ele sempre diria que a salvou e se orgulharia disso e ela talvez não vivesse vários dias intermináveis de mulher triste. Teria uma história e alguma coisa como prova de que podia se sentir a mãe e a mulher de toda a classe teatral brasileira, e as próximas gerações de atores e diretores se orgulharia deles, os que resistiram à invasão, os que ficaram no banheiro como forma de protesto, os que não fugiram gritando, os que não exibiram lágrimas.

Mas não foi só uma invasão militar. Foi uma demolição. E a fumaça de cigarro os denunciou. Os policiais não derrubariam o prédio com estudantes dentro. Não demorou muito pra que os dois fossem tirados à força daquele banheiro.

LEITOR 2: Não teve megafone e ninguém viu o que o diretor de teatro afirmava ser seu protesto. Não deu um passo. Fez questão de ser arrastado.

LEITOR 1: No Praia Bar os alunos faziam cartazes, cantavam hinos e bebiam chope. Não saíram dali antes das máquinas. R. não disse nada. Bebia sozinho sua taça de vinho e pensava numa maneira de encenar a peça.

CENA 2

LEITORA 1: Emma só reencontra R. dias depois e só consegue pensar nas frases de tio Raul durante os silêncios dele. "Tu me odeias? É ódio? Quero saber: tens ódio de mim? (pausa) Ou é medo? Sim, claro: sempre tiveste medo de mim, não é verdade? Eu te inspiro medo?"

LEITOR 1: R. estava sentado no pufe vermelho cheio de ar, que Emma adorava. Pena que usasse sempre aquela camisa polo vermelha. Não combinava nada com o lugar que escolheu pra sentar. Emma via apenas a imagem de um homem com cabeça e braços, metade do corpo de homem e tronco de pufe. Um homem sem peito, coluna vertebral. Sem coração. Um bicho sentado na sala.

LEITORA 1: Como fazer bater por mim o coração de um bicho?

(pausa)

LEITOR 1: Nem ela sentia vontade de falar. Seria preciso que ele tocasse no assunto. Tentava, enquanto isso, compreender o que se passava naquela cabeça que parecia vazia, ali na sua frente. "E outra coisa: por que falas tão pouco, por que quase não falas, por que dizes apenas sim e não, por que finges e prendes os lábios?"

Colocou uma música, abafaria seus pensamentos, as falas de tio Raul. Fingiria estar só em sua sala. R. só ouvia rádio MEC. Ela escolheu Janis Joplin.

Estava um pouco arrependida de ter cortado os cabelos.

LEITOR 1: R. não desgostou de Janis Joplin, mas preferia que o volume estivesse um pouco mais baixo. Suportava bem qualquer música se fosse num volume adequado. Lembrou que nunca pensou em ser músico, apesar de tocar em casa seu saxofone. Jazz era uma paixão, principalmente quando ninguém se metia a cantar. As palavras quase sempre estragavam as músicas.

LEITORA 1: Emma lembrou que fumar tanto com o estômago vazio podia não ser bom pra criança e foi fazer um café. *(voz de Nelson Rodrigues)* "Tens muito nojo de mim?" A música combinava com alguma ação, não dava pra ficar sentada, nem abatida. Com seu filho pularia balançando muito os cabelos ouvindo rock. Talvez até comprasse uma guitarra.

Levou o café sem açúcar pra sala. Estendeu as mãos trêmulas com a xícara de R: *(voz de Nelson Rodrigues)* "Eu sei que você me ama. Não ama?"

LEITOR 1: A frase ainda não era insuportável aos ouvidos de R. Só as mulheres que o conheceram depois de Emma souberam no primeiro encontro que jamais poderiam pronunciá-la. Ele levantou e desligou o disco. Sentou-se no sofá com Emma e disse as primeiras palavras do dia.

(pausa)

LEITOR 1: – Se o filho é meu, e você disse que é.

(pausa)

LEITOR 2: Ficou estabelecido que ele moraria ali no apartamento dela, no Catete, desde já, antes de o filho nascer, pra ver se a convivência era possível. Os discos de Janis Joplin seriam ouvidos quando ele saísse de casa ou, se ele estivesse em casa, em volume moderado. Tudo continuaria como antes, ela manteria sua carreira de atriz, ele a de diretor. *Perdoa-me por me traíres* seria encenada nos escombros da escola, era preciso sair de casa agora mesmo e procurar os outros no Praia Bar.

CENA 3

LEITOR 1: R. nunca tinha visto Emma tão feliz e loira como naquele anoitecer de meio de semana.

LEITORA 1: Ela falava com todos os amigos do Praia Bar. Faria a Glorinha, usaria peruca. Estava apenas de um mês e meio, ainda poderia ser a menina do tio Raul por mais uns três ou quatro meses.

LEITOR 1: R. se limitava a sorrir e, de onde estava, numa mesa ao fundo, olhava a alegria sã de todas aquelas mulheres e pensava como resistir a algumas delas, as mais amigas de Emma. *(pausa)* Mas amava Emma, sim. *(pausa)* Achava, naquele anoitecer tão diverso, em que experimentava uma sensação também diferente de tudo o que conhecia, que seria bom chegar em casa e ter uma mulher pra transar, sem se preocupar em fazer jantares, conversar longas horas, seria bom ter um jantar pronto depois de um dia de ensaios, sentar no sofá e ver os filmes do Godard.

Enquanto se perdia no burburinho indefinido de todas aquelas conversas e aproveitava a ausência do diretor de teatro, um dos poucos amigos que se dedicavam à conversa reticente dele, pensou em como tinha chegado a esse momento, a uma decisão tão pouco sensata. Quando e com que armas aquela mulher tinha se aproximado dele? Era inteligente demais pra pensar em destino. O encontro dos dois teria sido uma coincidência como outra qualquer.

LEITORA 1: Emma usava saia de garotinha na universidade quando todas as outras usavam o estilo hippie, saias ou calças compridas e coloridas.

LEITOR 1: R. não via muita sensualidade naquelas mulheres de bata branca e larga, com flores coloridas, sobrando sobre as calças ou saias de risca ou também de flores ou de bolas.

LEITORA 1: Emma, não. Era uma colegial, um frescor no meio daquelas senhoras.

LEITOR 1: Ele dava um jeito de sair antes de sua última aula pra esperar que passasse no pátio. Nunca falava nada, bastava olhar.

LEITORA 1: Foi ela que, cansada da insistência desse rapaz do último ano, sempre sentado em sua bicicleta olhando sem dizer nada, convidou pra uma caminhadinha até sua casa, era perto, na rua do Catete. Nesse dia estava expansiva, tinha tirado 10 em interpretação e falou, enquanto o caminho curto permitiu, de seus planos de atriz dramática, da proposta de um diretor de São Paulo, de como era fácil pra ela chorar em cena.

(pausa)

LEITORA 1: Emma atuava num espetáculo no Jockey Club e convidou R. pra vê-la.

LEITOR 1: Ele ficou entusiasmado com um choro convulsivo dela em cena, logo depois de uma cena de riso.

LEITORA 1: Ela chorava de verdade, de seu nariz saía uma meleca de choro.

LEITOR 1: Começou devagar e alcançou um estado, pra ele, impossível de repetir. Esperou ansioso que terminasse o que não podia ser representação pra perguntar como ela fazia aquilo, se colocava alguma coisa no nariz, em que pensava pra alcançar aquele estado. Estava impressionado.

LEITORA 1: Beberam um vinho num restaurante de Laranjeiras que ele gostava, embora ela preferisse chope, e ele se inteirou de todas as qualidades dela:

LEITOR 1: estudava Grotowski, ela queria ser o ator ideal dele, a expressividade física total. Falou, falou, falou de Grotowski, que ele conhecia muito bem, e apertando seu antebraço,

LEITORA 1: que ela depois confessou gostar mais que tudo, por causa da força que representava, por causa dos pelos,

LEITOR 1: da masculinidade concentrada nessa parte aparentemente banal do corpo de um homem e, definitiva: *(fazendo a voz da leitora 1)* A palavra nasce do corpo, R.

LEITORA 1: – É só o corpo. O corpo controla as emoções. *(pausa)* Pelo menos no palco. *(pausa)* Em casa, não. É treinamento.

LEITOR 1: – Mas você não sente nada?

LEITORA 1: Emma entendeu aonde ele queria chegar. Teoria do teatro uma ova, R. queria saber de seu passado, de seus traumas, daquilo que nenhum diretor sabia. Não seria na mesa de um bar que ela falaria de si a sério. Não falaria nunca de sua memória emotiva.

LEITOR 1: R. não insistiu, não era de sua natureza insistir. Mas o fato de ela desconversar e afirmar *(voz da leitora 1)* Só o corpo, só o corpo, fez com que julgasse acabada a discussão com a certeza de que ela tinha uma coisa pra lembrar e chorar daquele jeito.

Soube logo depois, ao chegar na casa de Emma.

LEITORA 1: Ela morava só, num pequeno apartamento do Catete.

LEITOR 1: esse mesmo de onde R. vinha agora e onde iria morar amanhã ou depois.

LEITORA 1: Estava cheio de quadros da mãe de Emma, uma mulher belíssima, fotografada ou pintada sempre sozinha. Não havia um só quadro de mãe e filha ou de mulher e homem. Era só aquele rosto ou aquele corpo espalhado pela casa. Era uma Emma mais velha.

LEITOR 1: O retrato do quarto R. deitou enquanto beijava Emma e tirava suas roupas apressadamente.

LEITORA 1: Emma vislumbrou por um momento a vantagem de se desvencilhar daquele olhar que tornava a mãe sempre presente e anunciava seu futuro inevitável. A mãe de Emma aparecia nas fotos com 40 anos, pouco antes de morrer num acidente de automóvel. Quando passou a viver sozinha, Emma tinha só 16 anos. Por sorte, sempre dizia, aparentando uma alegria afetada, não tinha parentes que se interessassem por ela

LEITOR 1: ou pelo apartamento da mãe!

LEITORA 1: e terminava com uma gargalhada nervosa. Nunca conheceu o pai e continuou a vida normalmente, se comunicando por cartas com uma avó distante e entrevada da qual não teve notícias nos últimos anos e nunca sentiu vontade de conhecer, senão numa época em que queria aperfeiçoar seu francês: pensou em morar um tempo com ela na cidadezinha em que vivia, no sul da França. A avó desconsiderou a proposta com duas cartas, uma fria e cheia de frases grosseiras e outra cheia de culpa e pedidos de perdão escritos sem a intenção de desdizer a recusa em recebê-la pra um ano de estudos. Emma desinteressou-se da parente europeia e continuou com as aulas na Aliança Francesa,

LEITOR 1: aliás, marcou vários pontos com R. por causa da fluência nessa língua.

LEITORA 1: Naquela noite mesma, ela não lembra como, nem ele, começaram a falar em francês e toda a história que ela sabia da mãe e da avó foram contadas assim, numa outra língua, quase de ficção, tão fora do cotidiano que ela dizia sua vida como se fosse também outra. *(pausa)* Pensando depois, se admirou da maturidade que demonstrou a R. sem nenhuma falsidade. Na hora, não tinha notado que era a língua emprestada e nem como ele estava encantado com aquela personagem nova que vislumbrava na penumbra da sala, sentada no pufe vermelho, com um blusão branco de botão que mudava de tom por causa da bola de luz que enchia a casa com uma cor irreal amarela, verde, alaranjada, rosa, vermelha...

LEITOR 1: Tudo parecia uma fotografia envelhecida, *Pierrot Le Fou*, capítulo dois, e não vida, não corpo.

(pausa.)

LEITOR 2: – Dois chopes pra mim, garçom!

LEITOR 2: O diretor de teatro se aproximava da mesa de R. pra confirmar a notícia quente, com o pedido de sempre e um sorriso à espera de que alguém perguntasse, Por que dois chopes se você está sozinho? R. fazia o coro da resposta,

(a duas vozes) – Porque quando acaba um tenho a alegria do outro.

LEITOR 1: Era uma bobagem porque a bebida esquentava na caneca. A piadinha de um filme do Godard logo ficou pra trás.

LEITOR 2: Naquela noite o diretor de teatro se preparava pra uma longa marcha de protesto contra a demolição da escola e a encenação de *Perdoa-me por me traíres* nos escombros seria seu ato político mais explícito. Pra ele, não existia outro diretor.

CENA 4

LEITORA 1: Emma significou os três meses mais intensos da vida de R., a semana mais perturbadora e incerta, a liberdade da vida inteira e uma dor aguda que certamente não iria desaparecer. É bastante pra uma única mulher.

LEITOR 1: R. chegou no apartamento de Emma com uma caixa de fitas VHS e uma mala sem rodinhas, bege com fivela vermelha.

LEITORA 1: Essa mesma mala seria usada em muitas cenas de Emma.

LEITOR 1: Ele não foi nem um pouco espaçoso.

LEITORA 1: A mala demorou várias semanas pra ser desfeita, como se esperasse o resultado do teste a que ele se submetia.

LEITOR 1: Os filmes tampouco saíram definitivamente da caixa, que ficou no chão da sala ao lado do videocassete.

LEITORA 1: A primeira noite foi uma alegria: tiravam os filmes um a um e relembravam as cenas, porque estavam ali, na casa agora dos dois, e não simplesmente em uma videolocadora. Com um boné encontrado na terceira porta do armário de sua mãe morta, embaixo dos cobertores cheirando a naftalina, Emma desfilou pelo corredor apertado do apartamento oferecendo exemplares imaginários do *New York Herald Tribune*.

LEITOR 1: R. achou que agarrava na hora certa sua chance de ser feliz pra sempre. Ainda não tinham dito a ele que a vida não é o que prometia o cinema francês e ele se sentiu um Jean-Paul Belmondo bem distante da cena final. Ele se lembrava de todas as cenas do filme, imagem por imagem, numa decupagem que durou semanas.

LEITORA 1: Ela se lembrava de muitas falas. Quando saíam ou chegavam, estando um dos dois em casa, se cumprimentavam com o gesto de roçar os lábios à la Bogart, e ela invariavelmente perguntava O que é escória? ou O que é pânico?, sentindo-se muito bem no papel de Jean Seberg.

LEITOR 1: Mas ainda naquela noite, antes de R. dizer Minha boca é uma ferida aberta que quer se fechar e depois ter que dar duro pra se explicar sobre o desejo de um beijo e convencê-la de que seria um beijo limpo, os dois tiveram a primeira briga.

LEITORA 1: Emma queria fazer a cena da luta entre Antônio das Mortes e Lampião, mas

LEITOR 1: R. se sentiu ofendido no seu gosto de cinéfilo e protestou que Glauber Rocha era muito nacionalista demais, muito falador demais, muito tupiniquim demais,

LEITORA 1: e ela se ofendeu na qualidade de (*voz grandiloquente*) artista deste país, pobre, sim, mas de uma pobreza que não envergonha. Se ofendeu de ver contestada a ligação que fez de imediato entre o francês e o brasileiro, sua leitura tão exatamente correta de estéticas que se complementam

LEITOR 1: enquanto ele gritava que ninguém aguenta tanto discurso, tanto Brasil numa fala que quer ser improvisada pra cinema.

LEITORA 1: E ela, Mas e aquela tela, aquele quadro estático de inferno, aquela lindeza é não dizer nada? E toda teatralidade? E o teatro? E a ritualização, a visceralidade daquelas cenas? E dizia as cenas até que só ela falava, branda, branda e ele calado e envergonhado de ter se exposto tanto.

LEITORA 2: Quando queriam irritar um ao outro, recorriam aos poucos minutos dessa noite e repetiam suas vontades momentâneas de quebrar o contrato ainda nem assinado, muito menos experimentado e selado dos dois. Invariavelmente um deles dizia, Estava claro desde aquela noite que não daríamos certo juntos, mas eu não soube ler os sinais.

CENA 5

LEITOR 1: Foram felizes por um tempo. Ensaiavam sob o sol, nos escombros, o texto de Nelson Rodrigues.

LEITOR 2: Os olhos dos guardas eram autênticos *set lights* direcionados sem interrupção à cena e, eles estavam certos, eram bem mais interessados que as lâmpadas.

LEITOR 1: Os atores faziam o espetáculo pros guardas a cada ensaio, se bem que nunca chegassem ao fim.

LEITOR 2: Invariavelmente o ensaio durava meia hora, depois alguma ordem os expulsava.

LEITORA 1: No outro dia chegavam cedo e ninguém podia contê-los do lado de fora.

LEITOR 1: No outro iam ao meio-dia, quando os guardas almoçavam.

LEITOR 2: Variando de horário, conseguiram uma cena por dia.

LEITORA 1: E esse foi todo o sucesso.

LEITOR 1: Emma e R. se sentiam construindo uma vida e uma carreira.

LEITOR 2: O diretor de teatro se dava toda a importância daquele momento histórico. Nada poderia impedir que gritassem juntos todos os dias Ter medo é o pior defeito.

LEITOR 1: Era o hino do Praia Bar e eles nunca tiveram tantos amigos e tanto sucesso.

LEITORA 1: – O que é pânico?

LEITOR 1: O problema é que o entusiasmo não duraria muito tempo. Sem lugar pra estrear e sem dinheiro, foram esmorecendo.

LEITOR 2: Ensaiar pra quê?

LEITOR 1: Alguns dos atores foram procurar um trabalho de verdade ou a continuação dos estudos em outros lugares e

LEITORA 1: Emma começou a dar mostras de enjoo. *(pausa)* Passar os dias e as noites com R. e sempre os mesmos e poucos amigos não era seu projeto de vida. *(pausa)* Nascia nela o desejo de ficar sozinha de novo, recobrar seu ritmo, acordar na hora que quisesse, comer qualquer coisa, andar na praia, encontrar amigas, ir a festas. Eram tantas possibilidades que ela tinha resumido em uma.

LEITOR 1: A vida podia ser uma chatice.

LEITORA 1: Observava R. subindo as escadas, pisando sempre de dois em dois os degraus, mesmo quando carregava algum cenário ou mala ou compras de supermercado. Aquilo que era bonitinho quando se conheceram, agora a exasperava,

LEITOR 1: mas procurava manter sempre um sorriso nos lábios.

LEITORA 1: Emma se esforçou tanto pra esconder o desejo de ficar sozinha de novo que suas palavras alcançaram o propósito de R. nunca a deixar só.

LEITOR 1: Ele só queria sair com os amigos de vez em quando, o que o obrigou a ficar sempre com ela.

LEITORA 2: A cena que mais se repetia em silêncio nas manhãs do apartamento do Catete passou a ser a dos dois tomando café na pequena mesa da cozinha, que não oferecia vista senão pra parede branca e sem quadros da área de serviço.

LEITORA 1: – Se pudesse cavar um buraco e me esconder de todos, eu o faria.

LEITORA 2: – Faça como os elefantes, se estão tristes, simplesmente desaparecem.

LEITOR 1: As palavras de R. no café da manhã sempre o espantavam, não estava familiarizado o suficiente com seu mais recente e sofisticado eu. Via-se planejando o dia, admirando a luminosidade, oferecendo-se pra fazer o almoço.

LEITORA 1: Se esforçava pra ser mais agradável à medida que via Emma afundar numa tristeza que exigia dele sempre mais do que podia dar.

LEITOR 1: Já tinha percebido desde os primeiros dias sua personalidade partida entre a euforia e a depressão,

LEITORA 1: mas uma coisa era ver, outra, reagir a essa pessoa diariamente.

LEITOR 1: Depois de emitir várias frases sem resultado, ele acabava por voltar a seu silêncio peculiar.

LEITORA 1: Sempre que Emma estava nervosa ou constrangida, soltava e amarrava os cabelos em um nó diversas vezes. Quando os tinha curtos, passava as duas mãos nos cabelos e procurava o comprimento dos fios cortados.

LEITOR 1: Esse gesto R. nunca esqueceu e procurou em vão desfazê-lo no filho anos mais tarde. *(pausa)* O filho era muito a mãe.

LEITORA 1: Pra Emma, o casamento significou esconder um do outro o que se sente.

LEITOR 1: Ela não podia ficar com sua tristeza pra não aborrecer R.

LEITORA 1: Quando estava eufórica sentia que ele a julgava. *(pausa)* Não sabia mais como se comportar, como ser natural, como não se envergonhar de seus problemas. *(pausa)* Procurou ler filosofia, queria tornar-se outra, uma mulher digna do silêncio de R., mas era pesado demais pra ela ser sempre uma pessoa que não era. Sozinha seria tão mais livre!

LEITOR 1: Numa noite fria de fim de junho, ele a convidou pra tomar alguma coisa no Praia Bar, fazia dias que não saíam de casa.

LEITORA 1: Ela disse que não se sentia bem e que preferia ficar em casa lendo.

LEITOR 1: Enquanto caminhava em direção à praia, R. se lembrou do primeiro dia que fez esse trajeto, no sentido contrário, andando devagar em sua bicicleta, perdido na voz suave de Emma. *(a duas vozes)* Casar não valeu a pena. Agora tinha que dar tantas explicações! No sexo, às vezes ela é tremenda, outras é um corpo morto. *(pausa)* Sente desejo por outros homens?

No Praia Bar só encontrou o dono, seu quase amigo, e uns poucos estudantes que não conhecia. Aquele também deixava de ser um lugar agradável. Acabou bebendo duas garrafas de vinho e se abrindo com o homem,

LEITORA 2: que sabia de R. até então apenas que não tinha dinheiro suficiente pra pagar suas contas no bar e que vez ou outra pedia algum emprestado.

CENA 6

LEITOR 2: O casamento de R. e Emma durou exatos três meses, uma semana e quatro dias. (Os contos de réis não contam.)

LEITOR 1: A saída de R. abriu toda uma gama de possibilidades novas. No dia seguinte, quando chegou em casa no final da tarde, Emma não estava.

LEITORA 1: Só um bilhete na porta da geladeira: "Festa na casa da Paula."

LEITOR 1: R. preferiu procurar o diretor de teatro,

LEITOR 2: que estava em maus lençóis com uma francesa bonita que não entendia seu português. Ele era bem-vindo

LEITOR 1: e passou uma das noites mais agradáveis daquele tempo. Vez ou outra pensou em Emma, mas como ela tinha ido sozinha a uma festa, sem se importar com ele, relaxou e, inclusive, esqueceu o horário de voltar pra casa. Falou mais do que o normal, quase não dava conta de fazer a comunicação entre a francesa e seu amigo, que iniciou e desviou várias polêmicas.

LEITOR 2: Ao contrário do velho Aires, ele não tinha tédio à controvérsia. Amava-a. Dava tudo de seu por um assunto espinhoso.

LEITOR 1: R., vez por outra, punha na francesa um olhar seu de pacificador galante e

LEITORA 2: ela, como míope, fechava um pouco os olhos pra ele, tentando entender por que o olhar e as palavras não batiam bem.

LEITOR 2: Nisso, o diretor já tinha falado bastante e

LEITORA 2: ela, perdido o fio de sua argumentação.

LEITOR 2: Mas o diretor de teatro não estava interessado em ganhar as discussões, queria mantê-la interessada em sua conversa.

LEITORA 2: Ela correspondeu tanto que mal se importou com o intérprete, até o dia seguinte, quando ele ligou pro hotel convidando pra

LEITOR 1: Fazer alguma coisa sem o seu amigo.

LEITORA 1: Emma chegou em casa cedo. Não queria deixar R. esperando, se arrependeu de ter ido assim, sem convidá-lo. Com aquela ponta de preocupação não conseguia se divertir muito e, depois *(pausa)*, sentindo-se casada não tinha graça dançar.

LEITORA 2: Não sentia vontade de escutar os papos dos rapazes que a olhavam fixo, enchiam um copo de bebida e iam resolutos em sua direção.

LEITORA 1: Quando acendeu a luz da sala e percebeu que R. não estava, Emma foi tomada de uma desilusão tão grande e contraditória que ficou bastante tempo em pé, na porta, sem saber direito o que fazer. *(pausa)* Estava tão certa de que ele estaria ali, sentindo sua falta, e desejava tanto ficar um pouco sozinha

LEITORA 2: que nem parou pra pensar o que faria se realmente se visse sozinha.

LEITORA 1: O certo é que no dia anterior já tinha matado a vontade de ficar só, em casa, lendo e mais nada.

LEITORA 2: Não queria repetir a noite.

LEITORA 1: Voltou com uma vontade secreta de encontrá-lo vendo um filme no sofá, ou fazendo um jantar pros dois, ou, o que é menos provável, lendo tranquilamente na banheira. Queria a casa só pra ela, ficar sozinha, só teoricamente, agora, em pé na porta, percebia. *(pausa)* Deu um nó nos cabelos ainda curtos pra isso, trancou a porta e preparou a banheira pra um banho.

LEITORA 2: Logo R. chegaria e fariam juntos um jantar.

LEITORA 1: Enquanto tomava banho, decidiu que abriria um vinho pra esperar por R. bem alegre, comemorando que a vontade de ficar só tinha ido embora.

LEITORA 2: Acabou o banho rapidamente, com aquela agitação de quem sabe o que vai fazer e quer fazer depressa, movida por um entusiasmo quase infantil.

LEITORA 1: Sentou em frente à TV, já bebericando seu vinho.

LEITORA 2: Nada interessante.

LEITORA 1: Decidiu ouvir Janes Joplin, desde aquela tarde ela nunca mais tinha colocado o disco pra tocar. Era bom beber e ouvir o som alto,

LEITORA 2: mas o disco acabou e R. não tinha voltado.

LEITORA 1: Decidiu fazer o jantar. Não era boa nisso, ele que era, mas achou que a surpresa agradaria a R. Folheou o livro de receitas dele e escolheu um macarrão com molho de cebola.

LEITORA 2: Era fácil e ele gostava.

LEITORA 1: Não achou o creme de leite. Mudou de ideia, faria macarrão com molho de legumes.

LEITORA 2: Era bom e ela usaria tudo o que estava estragando na geladeira.

LEITORA 1: Calculou e viu que demoraria o tempo suficiente cortando abobrinha, cebola, pimentão não,

LEITORA 2: que ele é macrobiótico,

LEITORA 1: mas seria tão bom, couve não combinaria, brócolis meio amarelado, mas dava,

LEITORA 2: tomate não pode...

LEITORA 1: O molho ficou pronto e R. não veio. A água do macarrão borbulhava na panela. Cozinharia agora ou esperaria mais um pouco? Foi olhar à janela da sala.

LEITORA 2: Seria tão bom ele chegando pela rua do Catete.

LEITORA 1: O vinho já estava acabando e ela sentiu fome. Fez o macarrão, olhou pro prato pronto e resolveu comer só um pouco.

LEITORA 2: Quando R. chegasse ela comeria de verdade.

LEITORA 1: Preparou a mesa e abriu um vinho novo. Apagou a luz da cozinha, acendeu ali uma vela e foi ler no sofá da sala.

LEITORA 2: Adormeceu.

LEITORA 1: Acordou com o som de uma sirene. Olhou pela janela assustada, mas a ambulância já tinha passado. Que horas são?

LEITORA 2: Eles não tinham relógio, mas ela calculou que era tarde, muito tarde.

LEITORA 1: Voltou à cozinha, sentou-se à mesa. Ficou ali, olhando pro fundo do prato, meio sonolenta. *(pausa)* Lembrou-se de sua mãe. *(pausa)* Odiava acordar cedo e ter que tomar o café da manhã meio adormecida ao som do rádio.

LEITORA 2: Ficaria melancólica pela lembrança, seria melhor aquecer o macarrão e comer.

LEITORA 1: Antes tampou o vinho e o guardou na geladeira. Só o cheiro caía mal.

LEITORA 2: Onde estaria R.? E se estivesse ferido? Se fosse ele naquela ambulância que passou? Ligar pra quem?

LEITORA 1: Deu-se conta de que não tinha o telefone da mãe de R. Se acontecesse alguma coisa com ele não saberia o que fazer. Em que bairro morava sua família? Depois pensou que se acontecesse alguma coisa com R. ela seria a última pessoa a ficar sabendo.

LEITORA 2: Quem sabia que ele morava com ela? Quem tinha o seu telefone?

LEITORA 1: Começou a desesperar.

LEITORA 2: O macarrão esfriava no prato.

LEITORA 1: Seria o caso de ligar pra algum hospital?

LEITORA 2: Ligou pra vários e se sentiu idiota.

LEITORA 1: Foi quando decidiu fazer as malas de R.

LEITORA 2: A mala bege de fivela vermelha e a caixa de filmes.

LEITORA 1: Só. Colocou do lado de fora da porta e a raiva não passou. *(pausa)* O que diria a R. quando chegasse? *(voz de Nelson Rodrigues)* "Tens muito nojo de mim?", "Me odeias?", "Vamos, diga que me odeias muito." As frases do tio Raul não serviam mais.

LEITORA 2: Glorinha gritou *(voz de Nelson Rodrigues)* "Te odeio!", "Sempre te odiei!", "Canalha!" e lembrou-se de Judite. A vingança por aquela noite de espera teria que ser maior.

CENA 7

LEITOR 1: Quando R. voltou pra casa, um pouco bêbado e cheio de culpa, tentando não fazer barulho, encontrou as roupas de Emma espalhadas pela sala, a garrafa de vinho vazia e duas taças sujas na pia.

LEITORA 2: Dois pratos com restos de macarrão, a vela derretida e a banheira ainda com a água do banho.

LEITOR 1: Ficou furioso e lúcido.

LEITOR 2: Reparou que sua mala e sua caixa de filmes estavam na sala, perto da porta.

LEITOR 1: Abriu a porta do quarto e viu Emma dormindo nua e serena. O travesseiro, que na noite anterior tinha sido o seu travesseiro, estava amassado, como se alguém tivesse dormido ali. Sentiu uma ira subindo.

LEITORA 1: Emma levantou-se e sem perguntar as horas deu-lhe uma violenta bofetada.

LEITOR 1: R. não revidou, apenas voltou-se em direção à porta, pegou suas duas bagagens inúteis e difíceis de levar de bicicleta e saiu silencioso.

LEITOR 2: A bicicleta estava com um pneu murcho,

LEITOR 1: e R. teve que sair madrugada afora empurrando tudo o que tinha. Hesitou um pouco antes de pegar o caminho da casa do diretor de teatro.

LEITOR 2: Deixou a mala e a caixa de filmes na portaria do prédio, passou no posto de combustíveis, encheu o pneu e tomou um café.

LEITOR 1: R. estava exausto, mas não conseguiria dormir. Precisava gastar todos os sentimentos pedalando até que aguentasse.

LEITORA 2: As coisas estavam um pouco confusas pra R.

LEITOR 1: Era bom estar livre. Animadora a ideia de procurar um novo lugar pra morar, um porão, algum canto só seu.

LEITOR 2: Ou mesmo um pedaço de lugar,

LEITOR 1: dividir com alguém que não amasse, que não precisasse proteger de si, um lugar pra voltar a ser quem era, sem medo de magoar, sem receios.

LEITORA 2: Mas a liberdade repentina não vinha doce.

LEITOR 1: A imagem de Emma sofrendo misturada àquela dureza de ter levado outra pessoa pra cama dele era insuportável.

LEITORA 1: Nem sabia se realmente alguém tinha passado a noite lá,

LEITOR 1: agora percebia que devia ter olhado tudo melhor,

LEITORA 1: implorado pelas palavras duras de Emma,

LEITORA 2: talvez as coisas tivessem ocorrido de outra forma que não do jeito que aparentavam.

LEITORA 1: No seu quarto, Emma fumava e falava sozinha. Se perguntava, e se espantava da dureza de sua voz, por que tinha feito aquilo, que ímpeto era aquele que a empurrava rumo à mais dura solidão?

LEITORA 2: Parecia que a mãe, sorridente no único retrato que restou na sala, compreendia bem o que se passava com a filha.

LEITORA 1: Lembrou de R. com sua camisa vermelha sentado no pufe vermelho, aquele estranho ser de corpo mutilado, e pensou em como seria bom se voltassem a se amar como naquelas noites em que não viviam juntos e que tinham projetos individuais pra comunicar. Emma, apagando o cigarro no cinzeiro repleto, pensou em como seria bom se soubesse como fazer bater por ela de novo o coração do bicho.

LEITOR 1: R. ia veloz em sua bicicleta e não via nada da paisagem. Percebeu onde estava quando respirou o ar fresco da Urca.

LEITOR 2: Diziam que ali seria a nova faculdade de teatro. Morar ali seria quase ganhar na loteria.

LEITOR 1: Ficou alegre por alguns momentos e enquanto corria as ruas sossegadas do bairro perguntando aqui e ali se tinha um quarto pra alugar, duvidava em silêncio, fazendo o papel de jornalista e entrevistado ao mesmo tempo,

LEITORA 2: O que é mais ético: a mulher que trai ou o homem que abandona?

LEITOR 2: Tinha muitas respostas, nenhuma satisfatória:

LEITORA 1: no filme a mulher não estava grávida.

LEITOR 1: E foi com essa batida esquisita no peito que R. olhou pra cima, pra aquela casa imensa da avenida São Sebastião e viu a mulher e a placa de letras rudes que oferecia quartos pra rapazes. Nunca um rosto feio foi tão promissor.

Sala de estar

Uma manhã, era junho, o calor ia longe, estava sentada em minha cadeira, eu ainda abria as janelas olhando o mar que entrava pela sala de jantar e me roubava de mim. Lembro que desejei tão profundamente que alguma coisa nova acontecesse em minha vida, que sonhava quando ouvi a campainha tocar. Não me animei muito. Esperei que tocasse algumas vezes e olhei do alto da escada, sem que ele me visse, o jovem que veio de bicicleta. A casa é no alto e tem-se que fazer um grande esforço pra subir de bicicleta, mas o rapaz não parecia ofegante. Olhado de cima ainda assim parecia imenso. Ombros largos embaixo da camisa vermelha. Um short comum, bege, velho, e tênis de velho. Mas os tênis eu só vi quando abri o portão e por um segundo só, porque depois fiquei prestando atenção em sua boca, que, lembro, achei grande. Não os lábios, a boca toda, grande, tomando conta do rosto. Achei simpático aquele rapaz que queria alugar um quarto. Perguntei muito, perguntei tudo e acabei por mostrar o cômodo do andar térreo da casa. Pequeno, ele achou, mas com uma enorme vantagem: tinha saída independente, ele não precisaria passar pela minha sala ao entrar e sair, embora a frequentasse pro café da manhã. Adivinhei logo que aquele rapaz me traria desassossego. Não demorei muito a me afeiçoar a ele. Tinha, então, exatos 60 anos e viveria até os 87. A princípio nos víamos no café da manhã. Ele se demorava conversando comigo. Uma simpatia. Logo começou a fazer pequenos reparos na cozinha. Consertou um vazamento de gás, trocou peças da pia. Passei a pedir que fizesse todos os serviços de homem da casa, que agradeceu, carente que estava da espécie há bastante tempo. Um dia chegou com veneno pra formigas e passou a tomar conta do quintal. Por essa época, comecei a me apaixonar por ele e sabia que não era correspondida, nem esperava que ele desejasse uma velha senhora de quem conhecia apenas o nome e a casa. Bem pouco tempo depois de sua chegada, escutava nas madrugadas silenciosas da Urca os gemidos abafados que começavam não muito tempo depois da abertura de volume desregulado de um filme em fita VHS. Principalmente nas noites de terça-feira, lá pelas dez horas, quando eu acabava de me deitar, ouvia sua chave na porta, o barulho de uma garrafa de champanhe se abrindo, uma conversa abafada. O som dos beijos eu não ouvia. O filme começando, sim. E os gemidos. Às vezes eu pensava que eram do filme, mas a música me dizia que não. Eram sofisticados. Os sons que eu ouvia estavam fora dos aparelhos. As mulheres não eram as mesmas. Os barulhos eram sempre diferentes. Comecei a pensar num modo de trazê-lo pra mais perto de mim e resolver dois problemas. Meu primeiro inquilino, que tinha mulher e dois filhos, tinha o vício da bebida. Não que eu não tivesse, mas bebia calada. Quando aquele senhor me procurou pra instalar a família, dei logo o melhor espaço, na parte de cima da casa, grande e mais confortável. O Lúcio era trabalhador e não me dava problemas durante o dia. Mas quando voltava bêbado, de madrugada, maldizendo a família e gritando desaforos pros vizinhos, eu morria duas vezes de vergonha. Numa noite, depois que os barulhos sutis do cômodo de baixo já haviam silenciado, ouvi o Lúcio dizendo desaforos a plenos pulmões pra minha vizinha da frente, Tu é fanchona, vagabunda, lambedora de mulher. Me lembro como se fosse hoje. E a partir dessa noite vexaminosa estudava uma maneira de expulsá-lo dali. Mas meu coração se dobrava todas as manhãs aos pedidos de desculpas de sua mulher. Nessa noite foi R. que fez com que o Lúcio calasse a boca e fosse dormir, e eu, envergonhada em minha cama, pensava em uma maneira de agradecer-lhe. Foi simples. Trouxe R. pra perto de mim – em cima, exatamente – e passei o Lúcio pro abafado cômodo do primeiro andar. Por sua mulher, fique claro, que foi embora logo em seguida, sem aguentar a convivência apertada com aquele homem que certamente passou a desconhecer, inchado e vermelho de bebida. Com R. no cômodo de cima passei a vê-lo por mais tempo e acompanhei seus amores. Posso dizer que participei deles até. Parece que ainda enrubesço só com a ideia de contar. Muitos meses depois do dia em que passou a viver no andar de cima, R. chegou em casa um pouco transtornado com uma moça jovem e loira, muito magra e meio desacordada. Teve um grande trabalho, apesar de sua força e da magreza dela, pra subir todas as escadas, e um dos lances partia da minha cozinha. Acordada, sentada na minha poltrona de canto, com as janelas fechadas e ainda vendo o mar azul no escuro que eu adivinhava lá fora, tão absorta com meu terceiro copo de uísque na mão, nem notei que ele havia chegado. Era cedo. Eu, na verdade, ainda não o esperava. Meus olhos devem ter brilhado porque me assustei de minha alegria ao vê-lo chegar com aquela boneca meio no colo, meio arrastada. Mas só disse boa-noite e fiquei olhando ele subir a escada. Nessa hora me senti jovem, bonita. Alta e magra, claro. Se bem que não lembro se pensei na cor de meus cabelos. Desejei muito subir as escadas com ele e acho que fiz uma gracinha perguntando se precisava de ajuda. Fiquei sem resposta e pensei que a aventura tinha acabado ali. Que ele se deitaria com ela, colocaria um filme e a noite acabaria silenciosa como a anterior. Mas ele logo desceu. Ofereci um copo, que ele encheu, e nos sentamos na pequena e escura varanda. Não lembro o que conversamos, só lembro que eu ria como tinha esquecido que pudesse fazer e falava. Contava alguma coisa e ele apreciava a conversa. Ele levantou mais de uma vez pra encher os copos e eu não me sentia bêbada. Saboreava a bebida devagar. Ficamos muito tempo assim até que um avião cruzou o céu e nos levou pra fora de nós mesmos. Ele falou que gostaria de ir pra Nova York e eu falei que no meu tempo só se ia a Lisboa. E de navio. A lembrança provocou um silêncio que destoava e, não sei se por isso, ele pegou na minha mão. Estavam quentes e eu não sabia o que viria depois. No escuro senti seus lábios e não acreditei. Então eu não era aquela senhora sentada eternamente na cadeira de canto, que engordou à espera de um homem que atravessou o mar? Meu cheiro não era repugnante, de água choca, parada? Não. Eu era a moça magra, alta e loira que ele tinha levado nos braços, que eu mesma tinha sido na juventude. Perdi o pudor e fiz uso de todos os meus conhecimentos esquecidos. Beijei sofregamente adivinhando que seria a última vez, gemi como as mocinhas que ele levava pro meu quarto, quase chorei quando ele tirou minha roupa.

Não sabia que seus pelos do peito podiam ser tão macios – os homens com quem eu tinha acostumado a fazer essas coisas eram sem pelos no peito – nem que seu cheiro podia ser tão, tão... de homem. Posso dizer que fizemos sexo sem amor a noite inteira, ou o que restava de noite, e que eu passaria a viver pela repetição. Que nunca, nunca se deu. Na manhã seguinte acordei vestida, em minha cama, sozinha. Da noite, a única prova era uma dor absurda no corpo provocada pela ginástica e pelas tábuas do chão da varanda e dois copos vazios com nossas digitais que um raio de sol dissimulava num brilho que doía a vista. Ainda assim, a dúvida: era capaz daquilo? Uma conservadora. Fugida de casa por causa de sexo. Sim, mas contra minha lembrança ainda quente, antes só tinha feito na cama. Antes de me levantar fiquei pensando em que gaveta colocar aquele acontecimento. Ensaiei vários bons-dias pra uso no café da manhã e não fantasiei um amor que voltava. Sempre soube que ele gostava de repetir mulheres. Confesso, sim, que esperei aquilo de novo alguma vez. Vislumbrei noites de solidão em que ele dava três batidinhas no seu chão que é o meu teto, uma piscadinha ao subir a escada, um enlace de mãos na mangueira do jardim, uma alegria branda nas madrugadas. Nem isso. Ele me disse bom-dia como todas as manhãs, tomou seu café e saiu pra trabalhar. Fazia teatro infantil numa companhia só de mulheres. Era o diretor, o iluminador, o cenógrafo e o administrador. As mulheres só atuavam. Acho que até o texto era dele e eu via uma a uma as atrizes deitando em sua cama. Dei pra não tomar banho com a frequência que deveria e deixar a louça suja empilhada na pia, deixar faltar comida na despensa e as goteiras tomarem conta da casa. Mas isso foi muito depois. Pouco tempo antes de eu morrer.

Ainda não disse nada dos olhos de R. Falava uma língua pura, mas extremamente lenta, indolente e arrastada, e falava, sim, apesar da boca excelente, sobretudo com os olhos. De um azul profundo, perturbador, igual ao dos atores italianos dos filmes que passavam na TV. Uns olhos também grandes que rivalizavam com a boca, mas não a ponto de enfear seu rosto, eu ousaria dizer, delicado. Trazia os cabelos sempre muito curtos e o rosto oval era perfeitamente marcado por aqueles olhos e aquela boca, que se revezavam no chamar a atenção de olhos e bocas alheias numa conversação. Sempre fiquei dividida: não sabia se encarava a perturbação dos olhos ou se me fixava na boca de lábios sempre molhados e sedutores. Não quero exagerar, ele não era exatamente bonito. O adjetivo é outro, não fácil de encontrar. Talvez porque aquele rosto inteiro só se deixava ser olhado quando R. estava em silêncio. Ocasião não difícil de ocorrer. E essa era outra coisa que me encantava nele. Podia ficar, como eu, horas sentado em frente ao mar sem mover os lábios. Tive muitas oportunidades de observá-lo assim, e então, olhos e boca pareciam apaziguados. Eu só nunca entendi como um jovem como ele podia ter prazer em ficar tanto tempo em silêncio. Ao contrário de mim, ele parecia não pensar e ainda não havia tido tempo de sentir grandes saudades, a não ser que fosse de um tempo irreal. Quando falávamos um com o outro, não sem perturbação, eu tentava me fixar nos seus olhos, um de cada vez, que acabavam derrubando meu olhar pra boca. Tenho pra mim que muita mulher se enrolou no mistério de seus olhos sem compreender que falavam uma língua própria.-------------------- Aquela noite na varanda existiu?------------------------- Naquele fim de tarde em que R. me encontrou caída no chão da cozinha ao voltar de uma viagem de três dias, pude ver bem a expressão de seus olhos, porque nesse momento eu experimentava uma perturbação só minha, inteiramente nova. Eu então me sentia exatamente como a escritora passou a me ver depois. Leve, pequena, olhando a partir da minha cadeira meu corpo grande e gordo apodrecendo no chão de madeira. Ninguém percebeu a mínima desordem na minha cozinha e eu esperei pacientemente entre as baratas que R. voltasse. Lembro de ele ter me olhado, corpo estendido no chão, e falado com os olhos que sentia muito. Ajoelhou, passou a mão pelos meus cabelos e se transformou num homem prático. Usou o telefone, chamou ambulância, polícia, corpo de bombeiros e logo separaram meu corpo de mim.

Welcome, people! Good night, ladies and gentlemen! This night we present for you the great, great new orchestra... Meu marido não entendia uma palavra de inglês. Só sabia ganhar no jogo, mas sua língua mesmo era o português. Falava bem francês, também espanhol e italiano, mas odiava inglês. Se recusava a aprender. Quando o conheci, em Berna, eu falava, claro, alemão, minha língua-mãe e, graças às aulas da gentilíssima Lilith, sabia bem o espanhol. Era nossa língua de comunicação. Quando desembarcamos no Brasil, achei tudo muito bonito, mas não sabia qual seria nossa diversão. A cidade era uma onda de mosquitos e tudo estava em construção. No ritmo em que andávamos meu marido e eu, era pra pensar em viver. Não muito tempo. Muito. Na noite da chegada, era 27 de abril de 1938, meu aniversário, fomos a um dos cassinos da cidade, o Cassino da Urca. Era um prolongamento da viagem, e como vinha sendo desde o embarque, ganhamos dinheiro e apreciamos o show. Eu me sentia jovem, leve e apenas menos bonita que a mu-

lher que ocupava o palco. Tão diferente de tudo o que eu já tinha visto! Estava sentada numa mesa ao fundo, muito sóbria, e vi um dos palcos descendo, enquanto do chão surgia outro que mostrava um cacho de bananas – juro! – e duas mãozinhas se retorcendo. Aos poucos, das mãos surgiram os braços, uma enorme boca pintada de vermelho, uma saia rodada, sapatos altíssimos e a voz. A voz era muito boa de se escutar. Meu marido ofereceu dinheiro pra que ela nos cumprimentasse na noite seguinte, pra que fosse à nossa mesa e bebesse uma taça de champanhe. Embora ela sempre descesse e falasse com algumas pessoas, recusou nosso convite.----------------------------------
Aquele era um bonito Brasil. Todas as noites tomávamos um táxi de Copacabana, que o porteiro do cassino pagava, e a vida era boa. Depois do show da mulher ---------------- não lembro seu nome, -------------------------------- pena!, são muitos os anos e eu lembro de pouco,----------- não lembro nem de como meu cachorro foi embora.-----------------------
Vinha o hotel, o banho de piscina ou de banheira e tudo o que uma mulher jovem e bonita como eu tinha direito. Pela manhã passeávamos pela praia, à tarde dormíamos e a noite era sempre a mesma. Depois de cinco semanas de Rio de Janeiro, começamos a procurar uma casa, o hotel já não nos parecia uma coisa muito boa, apesar dos lençóis limpos e do café da manhã na cama. Eu tinha no dedo

um solitário lindíssimo que havia sido de uma francesa magra e sem graça. Numa das noites do cassino ela e o marido perderam mais do que podiam e acabaram pagando com as joias. Foi a senha pro meu marido pensar em alguma coisa útil. Com o dinheiro que já tinha nos bolsos, no colchão e no cofre do hotel, mais o que tinha no banco e eu trazia no dedo, podíamos comprar uma casa grande e cheia de sol.----------- No cassino mesmo ele soube de uma. ------------------------------------ Eu não tinha medo de nada, nem mesmo imaginava que pudesse perdê-la no jogo ou, pior, perder o marido no cassino. Contrariando minha mãe, isso nunca aconteceu.------------------------------------ Aconteceram outras coisas, mas isso não. Ele se estabeleceu como um promissor comerciante na área das telecomunicações. Meu marido comprou a casa e, não sei por que, nunca mais pisou no cassino. Pra mim não foi bom nem ruim. Gostava daquela loucura que nunca tinha experimentado antes de conhecê-lo e nem sabia o que esperar, que coisas poderiam ser diferentes. Eu não pensava, eu vivia.

Bienvenido!Buenas noches, señoras y señores! Esta noche nos gustaría presentarles la gran, gran cantante e dançante -------- --------------------------- *Die schöne und bezaubernde, die nur-* ---------------------------------- À noite, eu fazia shows no jardim. Infelizmente ele não quis construir um palco capaz de subir, descer e girar, mas eu sabia usar bem uma cadeira e não há nada que uma mulher com dois ou três cachos de cabelos caindo no rosto e uma cadeira não possa fazer. Vendo minha foto, que ainda permanece na sala da casa, pode parecer mentira, mas antes de ser essa velha senhora de rosto quadrado e sulcado, fui jovem e bonita e magra, com cachos nos cabelos claros. Subíamos as escadas correndo, brincando como duas crianças, nos escondíamos no jardim. A casa tinha escadas e jardim! Hoje tem escadas. Escuras, sujas. Chegamos de táxi, sozinhos. Um homem nos esperava no portão e foi divertido olhar pra cima.----------------------------------- Depois eu só olhava pra baixo: sempre na casa, esperando que alguém olhasse pra cima.----------------------------------- O portão, novo, de bronze, não tinha a imponência da casa vizinha, mas nem precisava, quem chegasse ali só teria um desejo, saber aonde aquelas escadas levariam. Quase cem degraus. Eu tinha que ser jovem mesmo pra gostar. Ainda não podia imaginar que este viria a ser o principal motivo de minha clausura futura. Depois de 22 degraus havia um cômodo não muito grande e escuro com dois quartos. Meu marido queria que ali fosse sua adega, eu, os quartos das empregadas. Cada um a seu tempo, alcançamos nossos objetivos (ele nunca soube do Lúcio, nem de R.). Quando ganhei a outra parte das escadas, encontrei duas surpresas: um enorme labrador e a sala já decorada. Só faltava o chá sobre a mesa. Duas salas, uma cozinha modesta e mais escadas pra outra sala, um quarto, um jardim cheio de trepadeiras e roseiras e mais escadas pra uma laje, onde o sol e o mar se juntavam. Eu não poderia ser feliz em outro lugar. Fiquei esperando meu marido trazer nossas malas. Por mais de uma semana nem pensamos em empregadas. Com as malas, meu marido trouxe comida e bebida e trancou a porta. Por mim, poderia ter perdido a chave.-------- --- Ninguém poderia dizer, sem ver minhas fotografias antigas, que fui uma bonita Dietrich nos meus 20 anos. Os amigos de R. e os vizinhos da avenida São Sebastião só viam a casa com uma velha dentro. Me chamavam A portuguesa. Nunca fui portuguesa. Nem conheci Portugal. Não tenho nada de portuguesa. Não quero parecer ofensiva, mas é muita ignorância não ver meu rosto quadrado, não ver os traços da Europa Central nos sulcos fundos do meu rosto de velha. O que a Suíça tem com Portugal? Eles têm o Tejo e uma saudade, eu lembro do Aar e a palavra saudade não se aplica à Suíça. Ninguém tem saudades da Suíça. Mas quem me conheceu depois de meu marido, e eles me conheceram muito depois de Alberto, muito depois do dinheiro de Alberto, não teria como me inventar jovem. R. sabia de Dietrich.------------------------------------ Será que aquela noite existiu mesmo? ----------------------------- Ele viu a pasta de fotografias que mantive depois de recortar Alberto de todas. Ele entrou no meu quarto mais de uma vez e viu os porta-retratos que eu tirei da sala onde todos tomavam o café da manhã. Não tinha motivo nenhum pra mostrar meu infortúnio. Que pensassem que eu sempre fui uma portuguesa feia com uma verruga no rosto. Melhor do que se tivessem pena de mim pelo que fiz a mim mesma, sentada olhando o mar e pedindo por favor pra que me dessem algum dinheiro pra acertar as contas. Nunca tive interesse em manter amantes e quando despertei pra isso já era tarde; mas tive alguns, pela casa. Eles me tiveram pela casa. Um dos vizinhos estava interessado em uma herança pra seus filhos e não fazia nenhum segredo. Sabia que eu não tinha ninguém e isso, mais do que um romance, podia render-lhe a casa se soubesse tirar partido. Passou a dispensar pequenas quantias com a promessa de que quando eu morresse deixaria a casa pra ele. Mas eu ainda não sabia dos préstimos de R., que me deu muito mais que dinheiro.------------------------------------ Gostaria que R. queimasse as fotos, mas no dia em que morri ele levou a pasta e os porta-retratos pro seu quarto e guardou tudo com meu passaporte e com a certidão de casamento. Deixou somente aquele velho com uma foto do dia em que completei 79 anos. Ele tinha predileção por um retrato, eu com meu cachorro indo à praia da Urca. De maiô, com uma saída de praia e óculos de sol. Não sei se me olhava ou ao bairro, tão diferente de como o conheceu anos depois. Não havia calçamento, a rua larga ainda com barranco gramado, as sempre-vivas nos muros baixos das casas. Ele não conseguia compreender, uma vez me disse, ou o cenário ou a mulher não cabiam na realidade dele. Seria mesmo eu? Seria mesmo a Urca? A Urca, sim, não havia dúvidas, não podia desmentir a entrada do forte, a propriedade da Marinha, a escadaria que leva à nossa rua. O cenário, correto, mas onde estava aquela mulher? Respondi ofendida que havia morrido aos 38 anos, depois de vinte de amor. Ele viu também a única fotografia de Alberto que guardei: de gravata e sorriso largo, uma mão no bolso e o outro braço dado comigo. Tínhamos uma maneira só nossa de andar de braços dados: ele dobrava o braço na altura do cotovelo, eu fazia o mesmo e acertávamos o passo. Como naquela dança dos filmes de R., de camponesas antigas. Os dois braços dobrados na altura da cintura e as mãos unidas à frente, indicando o caminho. Uma certeza. Uma resolução. Uma alegria. Confiança. Eu podia manter esse Alberto. Tão brasileiro – até o terno era branco – e pena eu não me lembrar dos sapatos (eles não aparecem na fotografia). Foi pouco antes de ele ir embora, muito frio e desiludido porque eu não podia ter filhos. Ele queria uma família grande. Eu também, mas me parecia poder passar sem ela se Alberto pudesse. R. me disse que ele tinha uma família. Grande, com várias moças. Que ele casou com uma negra e morava por aqui mesmo, no Rio de Janeiro. Mas tenho certeza de que ele foi pra Portugal na noite em que me deixou. Ele me disse que assim o faria e eu não tive motivos pra suspeitar. Se morasse mesmo aqui teria me visitado ao menos uma vez, teria querido a casa. Não me veria passando necessidades sem se sensibilizar. Ele era um homem bom e tinha o direito de me deixar. Não sei por que meus cabelos escureceram. Eu me olhava nas fotos e via os cabelos loiros, me olhava no espelho e os via castanho-escuros. Nunca usei tintura e eles demoraram muito pra ficarem grisalhos. Quando conheci R. ainda eram quase negros.

 Estranho,------------------------------------ não consigo me lembrar do nome do meu cachorro e nem de como ele morreu. Nem quando. Vejo meu cachorro correndo nas fotos e posso sentir saudades, lembrar de nossa amizade – comia enquanto o acariciava, corria com ele pelo jardim, me sentava na porta pra tomar leite com ele entre as pernas – mas não lembro do fim. Ele foi embora também? ------------------------------------ Podem achar que eu sofri muito: uma estrangeira no Brasil, uma felicidade passageira e o resto da vida sozinha numa casa na Urca, onde não tem nada, até pra comprar uma linha eu tinha que ir a Botafogo. Meu marido e eu vivemos aqui, com esse mar, com essa estrada silenciosa, com essas árvores, com essas flores, com meu cachorro, por vinte anos. De amor, sim senhora. E quando ele foi, não vou mentir que não sofri, mas também não morri de dor. Já tínhamos vivido tanto. Pra falar a verdade, às vezes achava que seria bom ficar sozinha um pouco. Homem cansa a gente. As noites eram bem iguais, quando ele chegava, um passeio no jardim, sentados na grama e um copo de uísque, depois eu fazia o jantar, comíamos e a noite às vezes era silêncio, às vezes era conversa. Ele me dizia do seu dia e eu não dizia nada. Passava os dias na casa, cuidava das formigas, brigava com a empregada, corria com o cachorro, pegava o sol da manhã deitada na areia da praia. Não falaria pra ele dos homens bonitos que corriam na areia e nem dos que queria que me salvassem do mar que me afogava. Na verdade, eu queria que ele fosse embora. Eu queria que outro tomasse seu lugar. Eu queria voltar pra Suíça, queria fazer a viagem de novo, reviver os vinte anos de novo, com outro homem, sem bigodes. Meu amor tinha acabado, a vontade de amar, não. Quando ele se foi, se foi. Muitos dias se passaram até eu entender que não teria outro abrindo aquele portão abaixo dos meus cem degraus. No dia que R. tocou a campainha e eu vi a camisa vermelha, a bermuda bege, aqueles braços fortes, já era velha demais. Já tinha desistido demais. Mas os bigodes na fotografia de meu marido foram se apagando aos poucos, caindo fio por fio, e sua cara estreita, de olhos grandes e verdes que foram aos poucos se apagando e repintando de azul, parecia se arredondar a cada manhã. Meu marido da fotografia, com novas

feições, tinha entrado na casa de novo e ela voltava a fazer barulho. Mas eu ainda era a mesma. Achava que era. Os espelhos da casa da Urca não foram capazes de desmentir e foi só no azul profundo dos olhos de R. que eu compreendi meus cabelos escuros, a cintura desfeita, os vincos no rosto. Não era justo que eu guardasse uma imagem do meu marido que não envelhecia, por isso cortei seu corpo de todas as fotos e só deixei uma, comigo ao lado, porque assim era justo. Os dois na nossa melhor imagem.
‑‑‑‑‑‑‑‑‑‑‑‑‑‑‑‑‑‑‑‑‑‑‑‑‑‑‑‑‑‑‑‑‑‑‑‑‑ Todos aqui me convidavam pra almoçar, pra jantar, pra dançar. Todos queriam a casa. Todos faziam propostas e as mulheres me emprestavam seus maridos, cada uma queria que eu amasse mais o dela, pra quê? Pra que deixasse a seus filhos a minha casa. E diziam, não sem razão, que eu não tinha filhos e o melhor seria que eu deixasse que me ajudassem enquanto eu vivia pra que depois vivessem eles melhor. Mas eu tinha medo, medo de que me matassem pra ficar com a casa. Prometi a casa a todos. Seria de todos eles depois que eu morresse. E cada um acreditou que a casa seria sua. E, assim, todos os meses eu tinha um pouco de dinheiro pro supermercado, a casa de carnes, as roupas de cama, a empregada, a luz. Mas ninguém tinha dinheiro mesmo pra comprar a casa. R. fez a proposta. Que eu a vendesse e com o di-

nheiro comprasse um apartamento ali mesmo na Urca. Lá na rua da praia, sem escadas pra subir, sem muitos cômodos pra limpar. Ele disse que a casa valia uns três milhões. Eu não sabia fazer a conta, mas calculei que minha solidão lá seria maior. Eu não precisava de dinheiro, precisava de minhas plantas, de meu cachorro, Ele ainda está vivo? Acho que não, não me lembro de R. com o cachorro. Eles não foram contemporâneos. R. gosta de cachorros, de minhas escadas fatigantes, de cada canto da casa que habitava minha memória? Se a vendesse ninguém mais me visitaria. Ninguém mais tocaria a campainha com um bolo de milho nas mãos e uma caneta no bolso, Assina, Dietrich, coloca no papel que a casa é minha depois que você morrer. Assina, não custa nada. E eu, Outro dia, seu Francisco, semana que vem, José, você sabe que é meu preferido, ainda tá longe de eu morrer, Antonino, deixa isso pra lá. Ou então só uma risada e uma saída pelos fundos pra pegar mais bebida. Eu sabia, nunca fui boba, que minha vida seria monótona demais sem aquela casa. Seria de uma pobreza sem precedentes, mesmo que a conta da poupança estivesse cheia. Eu não viajaria sozinha, no fundo, sempre gostei muito de minha vida pra me aventurar à procura de outra. Só faltava um marido novo, talvez um filho adotado. Era sempre uma esperança, mas não devia ser tão importante, porque eu não seduzi nenhum outro homem. Poderia ter dado a casa a alguém, mas sempre o medo de que me matassem.--- Só R. A ele eu deixaria a casa porque parecia que não a queria. Não estava interessado na casa até que as goteiras começaram a fazer barulho demais, a molhar demais o seu sono, e ele resolveu consertar. Consertou o telhado com o dinheiro de um espetáculo infantil, fez varanda, colocou vidro nas janelas. Comecei a me preocupar.

Lá estávamos R. e eu e a obra. Não tinha medo de que me matasse, nem de que se apoderasse da casa. Meu medo era mais íntimo, mais fundo. Era com a contagem do tempo. Estava perto da minha morte? Ele não investiria tudo o que tinha na casa se não visse a morte nos meus olhos azuis. Demoliu a privada. Durante trinta anos eu acordava, colocava a roupa e ia me aliviar no jardim. Era uma construção bem-feita e a não ser o frio das madrugadas em que eu precisei acordar pra fazer xixi, detestei por toda a vida o penico, não achava nenhum incômodo em sair da casa pra usar o banheiro. Era até higiênico, ninguém sentia o cheiro, ninguém via quem entrava e quem saía, o lugar era reservado mesmo. Mas R. achou que aquilo era demais, A senhora precisa de um pouco mais de conforto. A senhora? Meu coração não aguentava aquela distância. Entre uma senhora e uma insinuação de que necessitava de cuidados próprios da velhice meu coração endurecia, e lutei até o fim contra o banheiro que hoje está no corredor que leva à cozinha, à esquerda, e à escadaria do segundo andar, à direita. Gritei, esbravejei que ele queria me manter naquela sala, sem mesmo ter acesso ao jardim, mas ele só fazia silêncio e depois que eu estivesse calma há algum tempo, falava docemente, Dietrich, a senhora vai ver como será melhor. Sairá sempre ao jardim, mas pra passear, e não sentirá frio de noite e nem pela manhã, e terá um chuveiro melhor, mais quentinho... Me convenceu deixando a privada de pé até eu me acostumar com o banheiro de dentro de casa. Nunca me acostumei e um dia ele derrubou a privada. Trancou a fossa, construiu uma área de serviços com churrasqueira e me fez ouvir as risadas de suas amigas nos domingos à tarde comendo sardinha assada com salada enquanto eu resmungava no andar debaixo. ------------------------------------- Foi justo. A casa tinha que ser dele, já era enquanto eu estava viva. Não podia reclamar. --------------- Reclamava assim mesmo, mas, no fundo, sabia que não devia. Ele se transformou no filho que eu não tive, embora, fique claro, preferia que fosse o amante. Me levou ao médico por duas vezes. Comprava remédios, abastecia a dispensa, pagava a empregada. Ele até assinou a carteira de uma. E até dividia seu uísque. ----------------------------- Mas isso não impediu que eu deixasse um papel escrito que a casa era do Antonino. Ele tinha me dado trinta mil. Trinta mil. Era muito dinheiro, e eu pude comprar roupas novas, uma vitrola que funcionasse, e fazer vários jantares pra vizinhança. Antonino também merecia ficar com a casa, mas, tolo, no fim, desistiu. Nos últimos anos ele não apareceu mais por lá, acho que percebeu que a casa seria de R., que em poucos anos tinha feito muito mais que todos eles juntos. A casa só estava de pé por causa de R., Antonino sabia. E tanto sabia que meu bilhete, assinado e claro, Quando eu morrer a casa da Urca será de Antonino e depois de seus filhos. Não pode vender. Nem demolir. A casa, assim como é, permanecerá. Assinado, Dietrich, 3 de julho de 1987, ele nunca viu, nem procurou por ele, e a casa é de R. por merecimento. E continua sendo minha, também por merecimento. Por causa da casa, tive várias noites muito agradáveis, embora sempre na cama, e com R. foi nas tábuas frias da varanda.-------------------- *O cotidiano é uma transparência imóvel que dura apenas alguns segundos.* -------- Antonino entrou e saiu desta casa, com auxílio de sua mulher, interessada no bem imóvel que herdariam seus filhos depois de minha morte. Por mais que R. modificasse a casa, tornando-a aprazível pra si, eu via no azul de seus olhos que não podia me fazer mal. Eu gostava de R., embora fizesse questão, depois do silêncio sobre a nossa noite, de demonstrar que não o amava, de demonstrar que o desprezava e que gostaria de me livrar dele. Eu tinha que me livrar dele pra não doer, mas não podia abrir mão de sua presença na casa. Ela era a nossa casa, que só seria dele depois que eu morresse. Jamais entregaria a minha casa a R. sem que ele se cansasse de esperar pela sua almejada solidão.------------------------------------- Só não sabia que a luta com a morte é uma coisa que nem percebemos, fui minada, e é como se no dia que deixassem o portão aberto eu já estivesse morta. Não ladrei, não corri, não tive tempo de dizer nada. Num minuto estava de pé, com os olhos abertos e pensando no jantar, noutro estava sem respirar, deitada no chão da cozinha. Horrivelmente nocauteada. A morte me pegou pelas costas e eu não tive tempo de dizer a verdade a R., que não lhe queria mal, que a casa podia ser dele, já era, e que rasgasse a carta que escrevi pra Antonino. Eu tinha que ser durona. Eu quis ser. E foi bom que as mulheres que frequentaram a casa tivessem medo de mim. Ou repulsa. Era assim que eu as queria, como as namoradas de um filho, medrosas e frágeis. Servis. Pequenas e quase assustadas.

Com meu cachorro eu falava em alemão. Nos entendíamos. Eu cheguei a pensar que ele era o único brasileiro que sabia alemão. E, pra meu espanto, essa língua que eu tinha esquecido, que eu tinha trocado pelo português, embora o português não me dissesse nada quando eu queria expressar certas coisas, do coração, essa língua voltou inteira depois que morri. Monologuei pela casa durante muitos dias, baixinho, com receio de que R. me ouvisse e se assustasse, essa mesma cantilena que reproduzo agora. Me sinto secar como a calçada aqui da rua dessa São Sebastião ensolarada e cheia de carros estacionados, sem garagem, sem donos até, esquecidos ali na estrada há anos. Os que podem sair de casa, eu já não posso, se andarem não encontrarão calçadas, só carros e a qualquer hora. Mas não foi sempre assim. Antigamente, quando eu passeava por essas calçadas, não tinha carro nenhum e eu e meu cachorro passeávamos em alemão. Ele entendia tudo o

que eu falava e brincava comigo na praia enquanto meu marido trabalhava. De dia, silêncio e alemão, à noite, silêncio, beijos e português. Minha vida não foi difícil. ---------
Engraçado, não consigo lembrar como meu cachorro me deixou, se morreu, se fugiu, se foi morto.--------------- Só sei que é a presença mais constante e difícil de precisar porque não tem tempo nem espaço, é um ponto que nunca muda dentro das coisas que lembro, como se meu cachorro e eu fôssemos sempre os mesmos congelados num ano qualquer de 1940, quando éramos os seres mais felizes deste lado do oceano e não tivéssemos o trabalho de lembrar de nada. Meu cachorro não tem história, ele compartilhava da minha, mas então por que não sei o fim dele e sei o meu? Sinto que já se embaralham as imagens que eram quase sólidas, não refaço o rosto de Antonino, não sei como foi embora meu cachorro, meu marido se confunde com R., mas a memória que tenho de mim ainda é colorida e vou gastá-la até que o que reste de mim seja o pó que repousa sobre esses móveis, mais jovens e mais sábios que eu. Por que R. os mantém na casa? Por que nunca muda nada de lugar? Alguma coisa aconteceu, há muita gente na casa. Vai e vem, portas que se abrem e se fecham. Sinto cheiros, mas não posso ver nada, só o movimento de gente estranha que entra e que sai.

Aquele portão lá embaixo que se abriu pra R. agora não permanece fechado. Não ouvi mais o som da campainha, é como se todos tivessem a chave. Não sinto a presença de R. Só percebi a mulher de terça e a escritora, ela olhou fundo pra minha cadeira e parecia querer conversar. Mas ela não sabe como. Medo, ela cheira a medo. O diretor de teatro veio ontem à noite.

Mulher e filho. O que ninguém sabia é que R. tem uma família. Mulher e filho. Nunca se casaria com a sirigaita de terças, que variava, terças de dois ou três meses era uma, depois era outra, que habitava minha casa por mais um ou dois. Uma de suas amantes de terças me tinha um desprezo especial. Me achava repugnante. Demorei muitos anos pra ver a mudança que acontecia com meu corpo. Via as carnes das mulheres de R. e me perguntava sou mais magra que ela? Sou mais alta? Mais loira? Até que um dia, em frente ao enorme espelho de R., enquanto ele estava na rua, a pergunta me assustou: quem é aquela do outro lado da parede? Parecia que era R. e não o espelho que me olhava. Aquele rosto amargo não podia me pertencer. Depois desse dia, minha voz mudou. Mudou com R. Aquele rosto e aquele corpo não podiam ter espaço pra romantismos.------------------------------------ Eu devia ser asquerosa pra ele. Essa descoberta foi minha recriação, como se o corpo verdadeiro encontrasse a identidade correspondente. Se não era mais bonita também não precisava ser boa, a feiura e a maldade andam em par. Esforcei-me pra ser aquela que eu desejava ser, má. Pouco má, que nunca tive grandes desejos de maldades. Todo o meu esforço de maldade ficou concentrado contra R. Estava disposta a não lhe dar sossego. Fazia cara feia quando aparecia qualquer mulher na casa e dava um jeito de gritar seu nome e mandar fazer alguma coisa urgente. O cano da pia quebrava jogando água em todas as direções, aparecia de repente um ninho de formigas que se espalhavam pela casa, o chuveiro deixava de funcionar, o gás acabava, a luz faltava, eu descia à rua e perdia a chave. Tudo pra que ele se ocupasse de mim. Que me odiasse, mais que isso, me odiassem as outras, todas. Queria me fazer de asquerosa, e suspeito que tenha conseguido. Quando via o desprezo nos olhos delas, sabia que meu caráter e meu rosto estavam de acordo. Numa manhã dormi um pouco mais e acordei ao som de uma marreta. R. estava derrubando uma parede na parte de cima da casa pra construir um banheiro. Quem entra aqui hoje vê, à esquerda da escada que sai da minha cozinha e que leva ao andar de cima, um belo e amplo banheiro verde, com uma banheira de casal em frente a um espelho de parede inteira. Em frente à escada, o quarto de R. e, à direita, a sala com três portas, uma pro jardim, outra pra varanda.

A outra é a da escada. Tem uma janela enorme, onde teria gostado de me sentar pra ficar olhando o mar. ------------- Preciso admitir que está melhor assim, que está perfeita a minha casa. Só que a reforma foi feita exclusivamente pro conforto de R. e no dia em que ela começou também teve início nossa fase de brigas mais abertas. Brigas em que só eu falava. R. se contentava em me ouvir, assoviando enquanto derrubava paredes, trocava canos, refazia telhados e o chão e paredes novas cresciam. No meu íntimo, gostava bem daquilo, do movimento, da nova feição das coisas, mas e se fosse o anúncio da minha morte chegando? Como R. não me ouvia se eu gritasse, passei a fazer pequenas chantagens, buscar motivos pra que se sentisse mal, que tivesse remorsos de me enterrar ainda viva e falava o tempo todo que ele estava me matando, me mandando ao inferno, roubando a casa. Quando me calava e fazia que chorava, R. explicava com muita lentidão e paciência, Mas Dietrich, é pra casa não cair. Pra parar de chover dentro, pra senhora ter mais conforto. Vou consertar a cozinha, vou exterminar as baratas e as formigas, trocar os vidros quebrados, botar um corrimão na escada. Eu ficava secretamente feliz vendo nele um homem e um pedreiro, as duas coisas de que a casa precisava, e eu também, numa pessoa só. Mas continuava minha cantilena da infelicidade, da tristeza, da falta de respeito, até vê-lo parar de trabalhar e pensar se valia a pena ou não. Queria que ele lembrasse que a casa não era dele e podia não ser nunca. Ameaçava que a casa seria de Antonino, o único que tinha me dado carinho e respeito e algum dinheiro. Que o que ele pagava de aluguel não dava nem pra minha comida e que depois que ele apareceu, a família da grávida tinha ido embora e ele tinha tomado conta de tudo e que deveria pagar dois aluguéis. Sem falar que o Lúcio já não dava dinheiro e eu estava com dois homens em casa e sem ser servida de nenhum. Se quisesse a casa, teria que me suportar até a minha morte. -------------------- ------------ E durei anos. ------------------------ Na verdade, quando morri já estava bem cansada. Não tinha mais forças pra brincar de irritar R. Nossa briga maior foi quando ele aumentou as varandas do terceiro andar. No segundo andar havia uma varandinha minúscula, sem telhado, aquela mesma em que fizemos sexo naquela noite em que ele viu em mim a moça magérrima e semiacordada que levava nos braços, mas no terceiro, no andar dele, criou uma enorme varanda, que toma dois lados da casa, com uns três metros de largura e cercada com grossos pedaços de madeira rústica. O quarto, aliás, ganhou duas grandes portas que comunicam com a varanda e, com a construção do banheiro, R. passou a ter total independência. Comprou um frigobar, uma mesinha e uma cafeteira e insta-

lou no vão, ou pode-se chamar de hall ou corredor quadrado, onde chega a escada que sai da minha cozinha e que dá acesso às portas do banheiro, do quarto e da sala. Assim, eu quase não tinha mais acesso ao andar de R. e ele só precisava usar mesmo minha escada.----------------
--------------------- Passou a dispensar o café da manhã e se isolava de meu andar a cada dia que passava. ----------- Pra piorar, passou a receber muitas mulheres e até amigos homens, raros na casa. Parecia que queria mostrar sua casa aos amigos. Me ignorava. Pra me vingar, passei a cantarolar muito alto, Sem graça como ninguém, quando uma garota passava pelo corredor pra ganhar as escadarias que levavam ao seu andar. ---------------------------------
E usei abusivamente o cabo de vassoura pra bater em meu teto, que era seu chão, quando sabia que ele estava na cama com alguma mulher, exigindo silêncio absoluto e o constrangendo ao obrigá-lo a sussurrar silêncio na hora que queria dizer explodir. Nas horas em que estava sozinho e sua boa educação o forçava a me cumprimentar ao passar pela minha sala, eu fazia cara de triste, de mulher sozinha e sofredora, e sempre fui capaz de comover seu coração, coisa que mulher nenhuma conseguiu.------------
------------------------- Foi nessa época, a das brigas e reformas, que voltei a sonhar com o touro.

Quando criança, eu sonhava que um touro muito forte e muito preto me perseguia pelo leito de um rio seco e invariavelmente me alcançava e enterrava seus chifres afiados na minha carne infantil, mole e branca. Quando isso acontecia, o sonho, era incapaz de voltar a dormir e implorava que meus pais me deixassem ficar em seu quarto, em sua cama larga e fofa. Não fechava os olhos até ser vencida pelo cansaço e acalmada pelas mãos de meus pais nas minhas. Tinha medo de voltar a sonhar. Tinha medo de não acordar e ter que sentir a dor de verdade, de me sujar com o sangue, de ter aqueles chifres rasgando minha carne por diversas vezes. De tanto medo, em muitas noites nem o cansaço me venceu e vi o dia nascer ao lado de meu pai. Comovido com meus olhos muito abertos brilhando na noite escura, ele me fazia falar sempre depois do sonho e quando o dia chegava me fazia várias perguntas: quantos quilos tinha o touro? Era velho ou moço?

Tinha realmente toda aquela força ou seus chifres poderiam se ferir contra minhas costelas fortes? Falava pra eu lembrar de olhar bem pro touro e ver se seus chifres não amoleciam, se ele não se tornaria pequeno diante de meu olhar atrevido. Era necessário que eu encarasse o touro, perguntasse o nome dele. Nas noites seguintes, dormia pedindo pra me manter lúcida no sonho e ser capaz de parar de correr e ficar de frente pro touro. Meu pai podia jurar que se eu fizesse isso com minha mão levantada com um grito de, Pare!, o touro subitamente ficaria menor que eu e talvez até se transformasse num cachorro com quem eu poderia brincar.----------------------- Eu esperava, esperava e o sonho não vinha.------------------------------------ Quando já o tivesse esquecido, e esmorecida a vontade de encará-lo, aí sim ele voltava, maior, mais assustador e, desprevenida, esquecia de parar de correr. Uma manhã, meu pai perguntou qual a cor dos olhos desse meu touro. Não sei, respondi. Sempre estou de costas pra ele. E meu pai, Não, Dietrich, você sempre olha pra trás pra ver se ele está muito perto. Pensei que era verdade e comecei a me preocupar com a cor daqueles olhos. Uma noite, anos depois, quando já estava no Brasil, lembrei, dentro do sonho, da pergunta de meu pai e enquanto corria, olhava pra trás repetidas vezes, tentando ver que cor estava ali escondida, mas o touro tinha sempre os olhos baixos pra acertar a minha carne com os chifres. Ao acordar, pensei se meu pai não sonhava com o touro ele também. Naqueles dias o touro corria pela casa, sem cerimônia. Às vezes me perseguia pelas escadas, mas o local preferido de minhas lutas de vida ou morte era a laje. O último andar da casa, antes completamente esquecido e então subitamente alçado a local preferido de R. Ele impermeabilizou o chão colocando uma camada de cimento com não sei quê, pintou de branco a meia parede e fez os detalhes das oito pilastras parecerem banhados a ouro. Ali parecia um castelo sem adornos, ao ar livre, uma enorme tenda egípcia aonde levava suas Cleópatras, longe de meu teto, das minhas pancadas secas de cabo de vassoura, iluminado somente pela lua e pelas estrelas. À noite ele era cavalgado por suas putas (pensando bem, não tinham nada de Cleópatras, eram todas umas imbecis, ele era o único que tinha a inteligência da princesa egípcia), enquanto eu corria de um touro no mesmo cenário, sem que o homem e o animal se vissem ou fossem vistos ao mesmo tempo. Durante o dia eu costumava subir à laje pra entender melhor aquela estranha arena que parecia ainda maior no sonho. Estudava uma maneira de me esgueirar em algum canto, possivelmente entre uma pilastra e a caixa-d'água, pra surpreender o touro e impedir o sonho, mas à noite estava sempre em desvantagem, R. trancava à chave a porta de sua sala e impedia a passagem pelo jardim. Além disso, eu não pretendia ir fisicamente à laje à noite, tinha medo de cair, tinha vertigem do escuro. Não teria coragem.----------------------------------Só me restou espalhar por ali alguns escorpiões.

Se não precisava fazer boas coisas pra que R. gostasse de mim, se podia permitir que ele me desgostasse abertamente, já que não tinha um retrato como o de Dorian Gray, eu podia satisfazer todas as minhas curiosidades e bisbilhotar a valer a vida de R. Numa tarde de quarta-feira, um fim de tarde, chamei um táxi só pra segui-lo e conhecer a amante fixa de quartas. A única que quase não aparecia na casa e que quando ele a levava pra lá eu nunca podia ver. Até mesmo o buraco da fechadura tinha bolinhas de papel higiênico. Suspeitava que fosse uma famosa, casada, alguém que se soubessem desses encontros secretos seria um escândalo. Ele saía quase sempre de moto e eu o perdia de vista todas as vezes que tentava segui-lo. Mas nesse dia fazia uma chuvinha fina e R. tirou o carro da garagem, carro que não era dele, era do amigo que foi pra Nova York, mas acabou sendo dele porque o amigo nunca mais voltou e nunca pediu o carro e nem o dinheiro dele.
------------------------------------- Compreende como é R.? Filho

de quem, com tanta sorte ou senso de oportunidade?-----
-------------------------------- Segui R. No rádio do táxi tocava uma música antiga que quase me fez desistir ao passar pelo cassino, porque me lembrou das primeiras noites de Rio de Janeiro, a alegria quase insuportável das noites em que saíamos de Copacabana pro Cassino da Urca sem suspeitar que viveríamos aqui. ----------------------------------
Pulseira de ouro tem, e tem saia engomada tem, tem sandália enfeitada tem, e tem graça como ninguém...! --------
------------------------------ Me perguntei se o rosto daquela cantora teria se feito em sulcos como o meu. Ela voltou doente ao Rio depois de viver nos Estados Unidos, mas não tinha me perguntado nunca sobre como era seu rosto no dia de sua morte. Me lembrei de sua voz e acho que foi a voz do homem que cantava no rádio do táxi que me fez descolar a lembrança do rosto jovem da cantora pra procurar o rosto de morta. Recobrei a alegria perdida em frente ao espelho ao me dar conta de que ela também não tinha mais graça e comecei a cantarolar baixinho meu Sem graça como ninguém!, esticando muito o ninguém até chegar na rua do Catete, onde R. tinha estacionado o carro. Paguei o táxi e me enfiei na loja de tecidos em frente ao prédio onde ele entrou. Depois perguntei ao porteiro qual era o número mesmo do apartamento no qual meu filho tinha entrado, aquele moço, que acabou de subir, e ele

me disse que era o 706. Subi com a sensação de que o touro ia comigo, olhei a porta, não entrei. Esperei um pouco e desci, dizendo ao porteiro com um sorriso, Esqueceu a carteira, e fui ao banco. Andei um pouco, comprei pães na padaria e gastei algumas horas olhando minha casa desde a praia do Flamengo. Sentei na areia suja e pensei que nunca tinha estado ali antes. No dia seguinte, enquanto R. estava em casa, voltei à rua do Catete, toquei o interfone sem saber o que falar. Mas estava tão disposta a saber quem era aquela mulher que pedi pra ser anunciada como amiga de R. e subi. Quem atendeu a porta foi um menino de uns 15 anos, gordo e feio, que disse com mau humor que seu pai não estava, só ia lá às quartas e às vezes aos domingos, pra levá-lo a uma volta na praia, morava na Urca, na casa de uma portuguesa, se quisesse me daria o endereço. Agradeci, perguntei seu nome, moço simpático, ele me disse Louis, E o de sua mãe? E ele disse. Quando fechou a porta, aquela sombra preta bem conhecida ainda estava lá. Procurei na lista telefônica, encontrei o nome completo e o endereço, fui a uma loja em Botafogo, onde todas comprávamos, era a moda, e comprei um vestido em seu nome. Disse ser pra ela. Era magra. O vestido não coube em mim, mas soube seu tamanho, seu número, seu corpo. Não deveria se parecer com o filho. O vestido ficou estendido sobre minha cama

e emprestei a ela meu rosto jovem, mas não coube. Então emprestei meu rosto sulcado, o velho, e também não ficou bem. Foi preciso experimentar os rostos das mulheres de terças e quintas e todos caíram bem com o vestido, de modo que nunca soube como realmente era ela. Ou é.
-------------------------------- Descobrir o telefone foi fácil. Cada vez que eu ligava me parecia que entrava num lugar proibido.

Varanda

Eu a conheci, era essa aí que virou poça de sangue na rua do Catete. Dá pra entender que ele não pudesse deixá-la. Era cheia de problemas e tinha um filho com ele, mas até aí eu não sabia de nada. Só soube depois porque resolvi averiguar. Seguia R. todas as quartas com um amigo meu, de moto. Ele saía de casa no fim da tarde, às vezes comprava alguma coisa no supermercado, às vezes ia só com sua bolsa térmica, o que me fazia morrer de ódio, sabia do champanhe lá dentro e podia adivinhar tudo. Estacionava o carro ou na rua da Praia do Flamengo ou, quando era possível nessa cidade que não tem nenhum lugar pra estacionar, na Dois de Dezembro e ia a pé até o edifício ao lado do Banco do Brasil, sabe?, na rua do Catete. Não dava pra ver nada além disso, tive que segui-lo várias vezes justamente pra poder entrar no prédio e ficar observando em qual apartamento entraria. Claro que não me colocaria lá de plantão pra ele saber o que eu fazia, contei com outro de meus ex-alunos. Mandei ele tocar pro porteiro e começar uma conversa comprida enquanto eu e outro amigo informávamos pelo rádio da chegada de R. Aí ele descobriu, era o 706. Já entreguei pizza no 706, já me ofereci pra fazer limpeza, já toquei o interfone por engano, já subi dizendo que fazia pesquisa pro IBGE, já vi o apartamento inteiro, já descobri o telefone da mulher, já liguei diversas vezes. Nunca me identifiquei com meu nome verdadeiro, pra ela eu era Gisela, usei perucas e saia comprida de medo que R. aparecesse. Não vi nenhum sinal do filho, que era meu desejo por um tempo, queria saber se tinha a cara de R., o jeito de R., a beleza de R. ou se os cabelos da mãe, aquele jeito que ela tinha de colocá-los atrás da orelha, amarrar, sei lá, mesmo quando curtos, se subia os degraus de dois em dois como o pai, essas coisas que a gente se pergunta sempre enquanto os filhos crescem. Nem sinal do fedelho. Só e sempre a mulher sozinha em casa, fumando, bebendo, lendo um maço de folhas rabiscadas, ouvindo música altíssima, falando aos berros ao telefone. Era bonita, mas menos do que eu. Ela era estranha. Mas o que me ligou a ela definitivamente foi um jeito seu de fraqueza, parecia que as mãos faziam coisas que ela não controlava, ou a boca, alguma coisa escapava ao controle daquela mulher quando ela não estava no palco, onde era grande, forte, mais bonita do que em casa, com um vozeirão que fazia você jurar que ela era uma rocha. As pessoas não podem enganar assim as outras impunemente. Eu fiquei obsessiva, tarada mesmo, por ver aquela mulher em seu aspecto mais frágil, mais descontrolado. Dava tudo pra me instalar no apartamento dela e mais um pouco pra vê-la com R. Impossível. Nunca ninguém viu os dois juntos. Nem perto, acho, conversando, nunca, R. não fala sem beber. Imagine que figura triste os dois na varanda bebendo um champanhe. Ela com vontade de se jogar pra baixo e ele só um olhar. Penso se ela tinha um jeito secreto de deixar R. irritado ou pelo menos desejando fazer alguma coisa. Devia ter, sabe-se lá o que faziam às quartas. Reunião de pais é que não era. Fiquei feliz quando soube que um dos meus alunos morava ali por perto. Dei pra frequentar a casa dele e levei a turma toda, que não era, claro, a turma toda da faculdade; quando digo a turma toda, digo os que me interessavam e que se interessavam por mim. Tem umas meninas ótimas também. Que sabem falar direitinho e não jogam fora as noites. Inaugurei a moda de sair andando na rua em grupos de quatro pra sentir a cidade na hora em que todos dormiam. Eu não sou medrosa, mas fui logo dando instruções de levar uma faca ou um spray de pimenta ou um taco de alguma coisa, que ninguém tinha de beisebol, saíamos mais ou menos armados, ninguém sabe o que pode encontrar pela frente, porém o mais divertido era encontrar janelas acesas e ficar descobrindo o que se passava lá dentro. Ainda tem muitos apartamentos de andares baixos que não fecham as janelas, as pessoas não têm medo, engraçado, e a cidade é tão perigosa, está aí uma coisa pra se pensar: uns matam, assaltam, fumam tudo o que aparecer, outros assistem aos noticiários, leem os jornais e mantêm a janela aberta. Em alguns lugares dava pra ver velhinhas assistindo à TV, grupos conversando, festinhas, os bares cheios nunca interessavam, pessoas fazendo pose. O interessante pra mim era só uma janela, sempre aberta, uma luz fraca, e não dava pra ver mais nada. Quando cansava de tentar alguma coisa, olhava mais demorado pra um ou dois dos meus meninos mais brilhantes e íamos embora. Na semana seguinte teríamos mais. Isso durou um tempo e logo perdeu a graça. Passei a frequentar os teatros. Era um bom lugar de estudo, via Emma sempre atuando. Só que não via nada dela, uma encenação. Seguir com o grupo de artistas era perigoso e não me interesso por grupos que não sejam o meu. R. nunca estava em nenhuma peça dela. Poderia ser interessante um encontro em público, saber o que ele iria dizer, ele que não gostava mais de teatro, não gostava de nada, ela no palco sem saber da minha existência e eu ali conversando com ele, me encostando sem querer, ela vendo. Seria divertido. Mas não aconteceu. Nunca nos encontramos os três. Difícil compreender o que ligava R. a essa mulher meio histérica, meio frágil. Ela parecia só saber seguir ordens, fazer papéis, quando estava por si se batia nas portas, deixava cair o que trazia nas mãos, uma planta no vento. Achei que poderia me divertir com ela. Enfim, alguém com quem brincar. Não dava pra abalar muito um espírito, a portuguesa já tinha passado pela vida de R., outras mulheres nunca conheci, ele mesmo era de difícil acesso pra brincadeiras. Ah, mas aquela mulher por quem eu tinha sido preterida era uma beleza de brinquedo. Até fácil demais, como se abalava com quase nada. Quando falava com ela ao telefone podia ouvir bem sua respiração de mulher que corre, que se sente perseguida por um animal qualquer.

R. é como um boi. Ele não diz nada, fica olhando e seguindo as mulheres com aquele olhar parado de boi que rumina. Nem sei mais como conheci R. Acho que foi na casa de um desses meus amigos da filosofia. Ele era o único que não falava nada. Ficava no canto da sala, sentado atrás da mesa e encostado na parede, bebericando uma taça de vinho sempre cheia. Ouviu tudo, ou não ouviu nada, e bebeu muito. Não aceitou nenhuma das minhas provocações, não entrou no assunto e observou. Me observou. O tempo todo. Eu fazia malabarismos com as palavras, entrava em encruzilhadas de argumentação que nem sabia aonde iam me levar, várias vezes quase me perdi na discussão, só pra conseguir um torneio que o fizesse entrar na conversa, ou, melhor ainda, contar que eu tivesse perdido a discussão e depois, os olhos brilhando, perceber que, sorrateiramente, por causa mesmo dessa saída improvável, eu tinha derrubado os argumentos dos meus colegas e a única saída era iniciar assunto novo. Eu vivia metida em casas de amigos até o amanhecer e costumava sair com garotos da filosofia. O que me dava mais prazer na vidinha medíocre de professora que levava era emendar a noite com o dia numa conversa infinita. Argumentar, contra ou a favor, não importa, era minha forma de vencer o tempo. E saía sempre vitoriosa, sabe. Só conversava com gente da minha altura e, no final, mortos de cansados, acabávamos na cama, que essa coisa de conversar, jogando, lutando com as palavras e os raciocínios, dá um tesão danado. Falávamos de pena de morte. No final, todos estavam vislumbrando tantos crimes horripilantes e verídicos que não havia nenhum espaço pra bom-mocismo. Minha vitória me excitou e afastei todos os pretendentes daquela noite. Saí de mãos dadas com ele. Fomos de moto pra Urca. Só eu falava. Ele era o tipo caladão. Nos víamos sempre às terças à noite, nesse dia eu não tinha aula. No começo achei meio chato ter que ser na terça, porque era a minha noite com os meninos da filosofia. Mas depois, acabei percebendo que todo aquele tempo de conversação era pra eu seduzir um dos meninos; então, por que não ficar com esse que já estava seduzido? Se eu não tivesse me apaixonado por ele, não teria cedido. Bebíamos champanhe na varanda. Duas. Depois da primeira ele começava a falar. Entendia muito de psicologia, teatro, cinema. Por coincidência, eu tinha sido atriz, li todo Jung, que prefiro a Freud, e não há pessoa inteligente no mundo que não entenda um pouco de cinema. E era onde podíamos discordar: ele adorava o Kiarostami, que, na época, tinha lançado no Brasil o filme *Onde é a casa do meu amigo?*. Eu gostava do filme, mas não do cineasta. Ele falava dos planos longos, do foco nas linhas, estradas no deserto, nas ruas que fazem um caminho estreito entre as casas. Eu achava tedioso o enquadramento nos retrovisores dos carros, as cenas nos carros. Achava-o obcecado por esses ambientes e, sinceramente, esse cinema pobre, silencioso, lento demais me dava um sufoco. Ele argumentava que era genial uma tomada enquadrada no espaço pequeno do retrovisor refletindo a estrada imensa, infinita, deserta. Ele falava do tom, eu da pobreza de produção. Não que eu realmente pensasse assim, mas não perdia a oportunidade de contrariá-lo. Ele se excitava muito. Ou ficava irritado, não sei. Mas me prendia as mãos, me empurrava pro quarto, rasgava minha roupa. Como se ele me vencesse assim e não com palavras. Mas eu gostava muito da força dele. Quando olhava pra R., a portuguesa devia pensar em morrer naqueles braços. Pra mim foram amantes. Uma velha abandonada, sem notícias das poderosas armas feministas, certamente morreria inteira, e no juízo dele ela não servia pra mais nada mesmo e tinha uma casa de 400 metros quadrados na Urca, valendo mais de um milhão. Tinha problemas de coração, que poderiam, claro, ser dilatados.

A portuguesa era a mulher ideal pra R. Agora me lembro, R. dizia, aliás, que ela sonhava com a perseguição de um touro. (Ele também sonhava, várias noites ouvi seu coração antes de acordar dizendo O touro, o touro.) Era mais eu que falava e alinhavava o pensamento dele. Mesmo que ele jure que nunca tenha ido pra cama com a velha, claro que foi. Ele não ia admitir e ainda mais pra mim, jovem e bonita, que se prostituiu pela casa. Como que ele ficaria com a casa se tinha outro casal e a mulher estava grávida morando lá? Por que a portuguesa deixaria a casa pra ele se não tivessem um caso, ou se ela não o amasse como se fosse o marido ido embora? Ela deixou a casa pra ele porque eram amantes. Ele cuidou dela porque eram amantes. Ele foi amante dela porque queria a casa. Ela não se importou porque não poderia levar a casa pra cova e não tinha ninguém a quem deixá-la. Aproveitou os últimos carinhos e foi embora sem acreditar que ele a amasse, mas também tendo uma morte mais suave, nos braços de um homem jovem e forte que poderia enterrá-la em Portugal, seu último desejo. Dando a ele seu corpo vivo, conseguiu que ele se ocupasse dele morto. Pagou pra isso, está claro. Eu também pagaria. Gostaria de ter uma casa na Urca só pra poder morrer nos braços de um estudante potente, viril. Eu sempre tive essa história muito clara, desde que pisei na casa pela primeira vez. Não precisava gastar meu tempo com R. conversando sobre o lugar em que estávamos, sendo eu uma intrusa. Nunca me senti pertencente àquela casa, acho agora, embora tenha sonhado e acreditado que poderia morar com ele lá. Se mais falo que ouço, tinha uma pessoa que acabava colocando certas frases na minha cabeça sobre as quais eu me calava e só pensava em casa, sozinha. Era a escritora. Sempre que entrava lá, seus braços se arrepiavam, ela grudava no namorado, o diretor de teatro, e não ficava sozinha um minuto. A escritora falava sempre de uma mulher sentada na sala de jantar. Havia uma cadeira, num canto, virada pra janela, de onde se podia ver o mar, mas que estava sempre estranhamente fechada, na qual a escritora nunca se sentava. Nem ficava muito perto e nem se sentava de frente, evitando o olhar. Depois que percebi que R. só queria transar às terças-feiras e que às quartas ele nunca podia transar comigo, depois que ele confessou que tinha uma amante de quartas-feiras, depois que parei de frequentar aquela casa, percebi que já tinha uma mulher lá. O espectro da portuguesa morta, o receio de sujar a casa dela com uma mulher que modificasse aquela sala nauseabunda, mofada, de viver com as janelas fechadas, o horror por uma mulher que pudesse tomar conta da casa por mais tempo que um dia por semana não deixam que nenhuma outra se instale. Enfim, o cara tem problemas com mulheres, deste e de outros mundos, e pra corroborar minha tese, está aí a escritora que, supostamente, é mais sensível que eu, uma matraca. R. me pareceu o ser ideal naquela noitada em que se manteve calado bebendo seu vinho e me admirando. Quando conheci sua casa, um ninho perfeitamente sadio pra um homem acostumado a estar só, Que importava a bagunça, as janelas fechadas, o mofo? – ele era sozinho e tão carinhoso. Comecei a dar-me conta de que, enfim, minha busca estava acabando. E melhor que ele falasse pouco, que tivesse personalidade tão diferente da minha, seríamos a força um do outro. Pena que ele não quis abrir mão da sua amante de quartas-feiras. Eu poderia facilmente admitir o sexo com quantas mulheres ele quisesse, mas jamais uma amante. Eu também queria me casar com ele e continuar as noitadas com rapazes jovens, isso não traria problemas pra nossa relação. Mas daí a ter uma amante fixa que tem mais direitos e importâncias que você, uma amante da vida inteira, isso não. Eu jamais teria sossego às quartas. Mas confiei no meu taco, na minha beleza, na minha inteligência, no quanto minha companhia pode ser agradável – convenhamos, estou longe de ser uma mulher feia e mosca-morta – e exigi que ele a deixasse na certeza de ser atendida em meu pedido. Na verdade, eu me antecipei à sua natural queda pro desinteresse com a caça subjugada e fiz minhas exigências quando ele ainda estava apaixonado e me desejando muito. O fato de eu não atender suas ligações depois de nossas briguinhas, de dizer que tinha compromisso com meus amigos da filosofia, o que, ele sabia, equivalia a sexo com outra pessoa que não ele, fez com que sofresse. Eu acho que fui a única que consegui fazer ele sofrer, no começo, mais do que ele a mim. E tive prazer com isso. Fiz um jogo saudável e acreditei poder ganhá-lo. Mas no fim sofri muito porque acreditei numa cartada que não deu certo. Ele não podia satisfazer minha exigência e deixar a outra mulher.

Nunca nem imaginei que pudesse... isso é coisa pra fortes, gente que tem uma ideia definitiva da vida, que não acredita em nada, que... enfim... que deixa uma obra pra humanidade. Ser um nada e se matar é idiotice. Mas eu não tenho nada a ver com isso. Minhas brincadeiras eram bobinhas, inofensivas, causavam, talvez, um pouco de nervosismo. Não contei sobre elas pra ninguém. Ela me causou uma raivinha. Afinal, se não fosse aquela estúpida eu e R. poderíamos curtir mais um pouco, mas, *contra os estados ruins, escolhi sempre os remédios certos*. Emma virou meu estimulante, tudo era ela e não mais R. Claro que brincando com ela eu atingiria R., mas ele ficou mesmo esquecido por um tempo, eu acordava com aquela mulher na cabeça e ia dormir depois de passar a pé ou de moto sob sua janela. Me interessei pelo que ela fazia, li os papéis que ela faria, botei saias, imagine. Colocava o nome dela na internet todo dia, lia as críticas de teatro, entrei em todas as portas das redes sociais. O certo é que perdi o interesse em R. assim que conheci Emma. Fiquei meses sem ligar pra ele nenhuma vez, até que a maluca se atirou pela janela. Ela nem sabia, e deixou vago de novo o espaço dele. Acontece que ele, ó, escafedeu-se, sumiu. Fui lá na Urca uma dúzia de vezes, liguei até quebrar meu telefone contra a parede por causa da maldita secretária eletrônica dele, sempre impassível. Saía rapidinho das aulas e passava pela janela da rua do Catete, ia e vinha de moto, olhando pra cima. Estacionei, um dia, naquela bosta de rua que não tem nem vaga pra moto, pra deficiente físico, nada, os últimos lugares pra estacionar foram ocupados do dia pra noite por uma cooperativa de táxis, e conversei com o porteiro, se o filho dela tinha voltado, se ele sabia se o apartamento seria colocado à venda, se alguém da família ia morar lá e ele só dizia, A mulher era meio esquisita, não tem família, não, senhora. O filho morava há anos nos Estados Unidos, tinha um ex-marido que aparecia nas quartas-feiras, mas nem sinal dele agora que... Ultimamente ela gritava muito, sabe, dona, nem ele conseguia acalmar direito a mulher, tinha alguma doença, acho que meio louca, dizia que um bicho de chifre tocava a campainha toda noite. O ex-marido esteve aí no sábado à noite antes de ela... sabe... então, acho que tirou umas férias. E eu, Bom, se não estão alugando nem vendendo o apartamento, então, vou-me embora. Coitada. Subi na moto e fui direto pra Urca. De repente me deu uma curiosidade, como deveria ser a casa sem R. dentro, se era mesmo verdade que ele tinha desaparecido. Bati muito naquele portão da casa enorme, olhando pro alto, e nada. Tentei forçar o portão, pensei, Como posso não saber onde R. guarda a chave? Tentei a caixa de correio, apalpei as flores, colei meu rosto nos buracos do cimento que estavam ao alcance e mais um pouco, erguendo as mãos, na ponta dos pés, e nada. A casa parecia silenciosa e abandonada. Engraçado, pensei naquele dia, tão imponente e sozinha ali, ninguém mais se interessava por ela. A pintura gasta, as janelas parecendo despencar, a varanda lá em cima devia estar cheia de teias de aranhas. Como estaria a cozinha? Será que R. a tinha deixado limpa? A impressão que tive, naquele entardecer, era de uma velha desabando. A única fortaleza da casa era o portão, que não me deixava entrar. Tentei pular, o muro era todo cheio de cacos de vidro, o portão era reto demais pra calçar os pés, mesmo assim, fiz várias tentativas. A vizinha da frente olhou com cara feia, mas não falou nada, e de dentro da casa nenhum sinal. Ela acenava cheia de tesouros, se eu não desse de cara com a portuguesa, e mesmo se desse, coragem eu tenho e muita, seria só desviar os olhos e explorar. Uma casa vazia é um mundo inteiro, meses em cada cômodo, vasculhar gavetas, ver filmes, fotografias, experimentar as roupas, folhear todos os livros, e os quartos abandonados? Herdar a casa, eu tinha que herdar a casa. Fumei minha carteira de cigarros e fui embora bolando um plano pra entrar. No dia seguinte cheguei com um chaveiro. Disse que morava ali um amigo que não dava notícia fazia dias e que eu estava muito preocupada, Ah, sim, muito preocupada. O homem ficou desconfiado, resmungou que era melhor entrar mais de uma pessoa pra não me acusarem de roubo ou qualquer coisa, Amigos também se voltam contra a gente, se insinuou todo, e depois que abriu o portão quis entrar de qualquer jeito. E um enxame de olhares acesos na vizinhança. Quase dei pra trás, mas despedi o homem e entrei. Não passei da segunda porta. Tudo estava fechado à chave. As janelas emperradas. Forcei todas e nada. Só que não fui embora, fiquei ali, me imaginei de tocaia. E ouvi algo se quebrar lá dentro. Chamei, fui carinhosa, R., é você? Abra a porta, por favor. Falei um pouco, não lembro, e de repente, no meio da fala, ali parada, me dei conta de que quem estava lá não podia ser R. Pensei se alguém tinha invadido a casa antes de mim, se havia alguma mulher mais recente que eu desconhecia e que tinha se antecipado, se, se. Fiquei nervosa e comecei a fumar sem parar enquanto esquentava ao sol. Dei uma volta ao redor da casa, a escada dos fundos dava acesso à laje, com a chave do portão no bolso dava até pra acampar ali em cima, trazer um cobertor, umas cervejas, ir e vir até que a porta se abrisse. Se fosse R. não demoraria muito, se não fosse, eu deixaria a pessoa preocupada. Se chamasse a polícia não era R., mas só R. poderia chamar a polícia, de modo que era possível eu viver ali enquanto não chovesse e até mais, se eu investisse em uma barraca. Fiz minha despensinha e ganhei vários dias de sol. Estabeleci uma rotina rigorosa, pus uma bacia pra escovar os dentes, lavar a cara, e minha mala com poucas roupas dava conta do recado. Meus alunos não desconfiaram de nada e foi um tremendo gesto de maturidade, o maior que tive até agora, não ceder ao impulso de levar a turma pra lá. Teria sido bom, uma festa na laje, ia virar a rainha deles todos, mas me contive e tive recompensas. Eu não ficava só na laje enquanto estava na casa, ia ao quintal tomar banho, o chuveiro era frio e bom, andava ao redor da casa, descobria lugares onde podia me enfiar pra espiar o que acontecia lá dentro, todo dia tentava abrir alguma janela e se me esforçasse um pouco teria conseguido, mas que graça tem arrombar uma porta se o que se quer mesmo é que ela se abra pra você? Elaborei um plano de conquista. Treinei uma voz doce e dizia algumas frases inteligentes sentada no parapeito das janelas. Lia trechos de livros, este, por exemplo: "Doravante ela passaria a sentir-se como quem encosta o nariz na dura vidraça do saber." Ou este: "Quando as pessoas alcançam sucesso e reconhecimento, notamos de imediato, porque, fartas de satisfação consigo mesmas, elas se tornam quase gordas, e a força da vaidade as incha feito balões, deixando-as irreconhecíveis. Que deus proteja um bom homem do reconhecimento das multidões." Depois dessa me deu uma vontade de gargalhar, o que era incompatível com a imagem doce que estava usando, mas não aguentei, virei minha cabeça pra trás de tanto rir e, nessa posição, parece que pelo fato justamente de inclinar pra trás, de fazer um movimento não usual, tive um dos pensamentos mais interessantes, o primeiro *insight* que valesse a pena naqueles dias de acampamento. Lembrei-me de um sonho antigo. Vi um balé de bois gordos, perfeitamente lisos, marrons, sem manchas e sem falta de pelos. Bois que entre as duas pernas da frente tinham um couro-tapete, como asa de morcego, liso, bom de passar a mão, funcionando como asas. Apesar do peso dos bois eles se acomodavam em filas, em voo, com a organização perfeita de um batalhão de soldados pra dança mais bonita que já se imaginou que houvesse. Os que estavam na última fileira voavam sobre os outros até tomarem os lugares na primeira fila, e assim sucessivamente, voando uns sobre os outros bois impávidos. Os bois de 180 quilos, leves no voo como o único trapezista gordo que vi no circo quando era criança. Foi isto, "inchar feito balões", que me fez pensar que a pessoa que estava no interior da casa era gorda, gorda e leve feito meus bois que voam. Não ouvi arrastar de chinelos, não ouvi corridinhas, passo nenhum. Só um inchar e desinchar, de repente na cozinha, depois no banheiro, um trocar de lugar tão leve que só podia ser de um gordo que avalia seu peso antes de mudar a posição do pé. Só podia ser Louis. Eu não conhecia o rapaz, mas sabia que era gordo, R. me disse isso com desprezo. Mudei todas as estratégias, menos ler na janela. Tornei-me mais agradável, dissimulada, eu diria, espalhei frases, Ai, que delícia, cheiros, comi bombas, mil-folhas e todos os doces de que nunca gostei. Passei a chamá-lo pelo nome e tudo o que lia ou falava era sobre comida. Não devia ter muita lá dentro. Todos os dias ao meio-dia eu dava três batidinhas sem palavras na porta principal e deixava uma comida no chão. Voltava lá à tarde e só formigas. À noite fazia nova tentativa. Até que um dia a porta se abriu.

Quarto de despejo

A casa e eu, nós não nos pertencemos. Nada temos a dizer um ao outro. Ela é grande demais pra mim, eu, grande demais pra ela. As escadas, estreitas. As cadeiras, antigas. As janelas, que ao olhar se despedaçam e que, no entanto, feitas de ferro enferrujado, parecem não ser possíveis de abertura. As janelas dessa casa nunca abri, nem nunca fechei (não se fecha uma janela que não abre). As janelas dessa casa nunca cederam ao meu impulso de abri-las, porque o olhar não tem nenhuma força quando mira o que é velho e gasto. As únicas coisas que abri nesta casa que me acolhe com desgosto foram o portão que range, duas portas emperradas, um armário cujas portas caíram sob o peso do meu desejo de descobrir o que escondem e as latas de sardinha portuguesa que ficaram esquecidas na despensa. Na outra casa não há lugar pra Louis. A janela do sétimo andar ficou aberta, suspensa. Na porta uma eterna faixa amarela em x pra dizer que pertence à investigação e que eu não tenho nada a fazer ali. Quem morou lá? Uma mulher que esqueceu que era mãe, um filho que esqueceu que era filho, um quase homem obeso e ido aos Estados Unidos apesar dos desejos de França da mãe e do pai que ele nunca via. Aquela casa me habita enquanto esta é morta, ferida de guerra, mas, ao contrário de uma guerra, o que nela se deu não deixou rastros; nas paredes não tem sangue, não tem membros espalhados pelos cantos nem zumbido de moscas. Aqui só um murmúrio (alemão?) e um menino gordo que vagueia tentando descobrir o pai. E a mãe. Louis, Louis, diz Gisela em suas visitas diárias de mosca-varejeira, querendo arrancar de mim uma história que tenha alguma coisa a dizer à dela. O que eu tenho a dizer, cara Gisela, são essas palavras escassas, que não contam nada, só arremedam as ondas do mar que vejo da varanda, o vento que sacode as árvores da laje da vizinha (um dia cairá, há muitas palmeiras ali. Quanto pesa cada vaso?), o voo de algum pássaro ou de um avião saído do Santos Dumont. Se me esforço e me inclino um pouco, então essas palavras tão cavadas de um fundo que não há poderiam até imitar o passeio de algum dos cães vadios da vizinhança. Qual passado seria capaz de me comover ainda? Minha mãe, nos ensaios diários de alguma personagem de Godard, de Truffaut, de René Clair, pra mostrar pro meu pai em sua visita semanal (meu pai sentado no pufe vermelho, de camiseta vermelha, todas as quartas-feiras à tarde) sem coração. Às vezes eu devia ir à aula de francês nesse horário, ou à de inglês, ou comprar alguma coisa que queria muito, ou até brincar com algum amigo na praia do Flamengo, ou jogar futebol. Qual passado me comove mais? Os quadros de minha avó jovem espalhados pela casa ou os substituídos por fotografias de minha mãe, uma atriz, sempre uma atriz. Até no derradeiro gesto de cair – eu disse cair – pela janela do sétimo andar daquele apartamento gasto, escuro, de paredes tão macias, de lábios sempre vermelhos, que distribuíam na minha pele beijos sem usura todas as noites. Penso em como ela estava vestida quando caía. Cheguei tarde dos Estados Unidos, ela havia sido enterrada como indigente (onde meu pai?). Com que roupas caiu? Com que lábios? Tinha alguma coisa nas mãos? Teria dado um telefonema? Me deixado alguma coisa? Uma referência nas páginas de algum livro? Um o que fazer depois? Um o que eu deveria fazer depois? Um porquê? Teria sido papai? Meu pai. Escavo o pensamento pra ver se encontro um resquício de ternura. Não sinto coisa alguma. Meu coração continua calado e indiferente como o de André, na casa assassinada, outro herdeiro de mãe morta e pai que ninguém sabe, porque o amor não pode ser aprendido, as pessoas o possuem e sentem ou não o têm e não o sentem. Essa foi a passagem marcada, a página gasta, machucada, embaixo de cada palavra o traço de um lápis com ponta ruim, grossa demais, que rasgava e parava num ponto pra recomeçar de novo na palavra seguinte e na seguinte e na outra, num traço de coisa estudada a fundo, sentida confusamente no livro de Joseph que estava sobre a mesa quando entrei no apartamento com cheiro de mãe e cheiro de morte e cheiro de abandono. Meu pai não o tem e não o sente. O amor. Ou tem demais e não o sente. Ou sente muito, mas não pode dar todo a uma pessoa ou duas, uma mulher e um filho, por exemplo. Essas pausas, o fôlego de um gordo, a hesitação, uma coisa que me sufoca na casa e não me deixa respirar, como pelo de gato velho esquecido, o xixi nas escadarias de Santa Teresa. As escadas daqui ninguém pisa, só Gisela, com um prato de comida na mão, água, algum livro que chegou pelo correio, o moço da pizzaria e as folhas das árvores que formam este tapete sem cor. No andar de cima, talvez, um touro de cabeça baixa, ruminando, ruminando. Embaixo, uma mulher sem corpo sentada na poltrona da sala de jantar, no canto, olhando em direção ao mar através da janela fechada, sempre fechada. O estofado é vermelho e tem furos do tempo. No dia em que minha mãe morreu um brilho estranho invadiu a casa das namoradas de meu pai e elas compreenderam que eram todas a minha mãe (um pouco). Uma mulher à espera, como eu, à espera e sem ser mulher. Um brilho de estrela cadente ou de bijuteria barata, tanto faz, um brilho que elas viram e que disse a cada uma, Não vale a pena, meu bem, acorda. O calor da tarde, esse mormaço, essa nuvem que impede os olhos, tudo isso acabou por um segundo por causa daquele brilho que era o corpo caindo no chão duro daquela calçada do Catete, caindo em câmara lenta, batendo duro no chão e levantando um pouquinho, como uma bola que eu jogava no campo da escola, caindo e levantando um pouquinho pra bater pela segunda e definitiva vez no chão, o maxilar deslocando a boca, os lábios (vermelhos?), num espasmo, os olhos abertos que ainda veem o céu pela última vez e depois se fecham na cama da poça de sangue. Na calçada. Eu, há tantos anos morando em outro lugar, há tantos anos sem dar notícias, sem querer saber do que se passava aqui, e meu pai, que, sabia, cuidaria dela, que nem precisaria de cuidados, só fazê-la um pouco querida, um motivo, um palco, a continuação das tardes de quarta-feira, a entrada na noite sem mim. E tinha dias que ela queria esta casa, esta que me pertence e que eu não quero. A morada de meu pai nunca habitamos nem ninguém que eu conhecesse, ou ela. Era isso? Quando à noite, às vezes, eu tinha algum pesadelo e, assustado, arregalava os olhos no escuro, ela sempre desenhava um sonho novo, uma pintura, e repetia nas noites com a voz do sono: Uma moça bonita e mãe espera amanhecer numa sala grande. Perto da janela, também esperando o primeiro clarão, uma criança, num berço alto, olha a escuridão. Do lado oposto, uma mesa com um tabuleiro de xadrez e dois homens másculos sem camisa. São dançarinos. Sabe-se que dançam tão bem como os animais de penas. A um canto, o diretor. Todos em silêncio esperando que amanheça. Ainda o escuro e o diretor olha um dos rapazes. Eles dançam. O outro fica esquecido. De repente, o diretor vê a mãe. Toma-a pela cintura e faz com que ela se dobre pra trás até o limite. E dançam. É ele que a abraça, mas então, a mãe ergue os braços e roça o cabelo do diretor com as mãos de dançarina apaixonada. Ele grita: Não é hora! Não é hora! E fica muito nervoso. Ela apenas se deixa levar na posição anterior e então amanhece. A mãe pega o bebê no colo e sai pra tomar café com uma amiga. Foram necessários vários anos pra que eu pintasse a cena inteira. Aquela dança me fazia dormir. No começo, eu era o bebê que dormia no carrinho alto, o diretor, meu pai; depois eu era um dos rapazes, o que dançava, e todos os outros ficaram esquecidos. Ontem Gisela me disse: Ah, Louis, Louis, como gostaria de guardar essa sua risada nervosa. Mas minhas coxas enormes e brancas que se sacodem com o balanço da barriga não são um espetáculo bom de se ver. E eu prefiro mil vezes a risada de minha mãe, que era limpa e magra, de lábios sadios (vermelhos?). E já posso me lembrar da risada muda de meu pai, que era só um sincero gesto de espalhar os lábios e mostrar os dentes, as bochechas se acumulando abaixo dos olhos, não balançava nada, sutil, largo mesmo, o gesto. Verei essa risada ainda? Por que R. não estava com minha mãe no fatídico dia? Deixou a casa abandonada, nenhum bilhete. Todos os dias o telefone toca e a secretária eletrônica atende. É sempre uma mulher que pergunta Como está? ou, Como tem passado? Você precisa de algo? Ou é outra que convida, Vamos beber alguma coisa? Tem um filme novo do Godard no cinema de Botafogo, fiquei aqui pensando se você não gostaria de ir comigo. Pausa. Nervosismo. Faz tempo não nos vemos. Ou ainda, Posso passar aí mais tarde? Tenho umas coisas suas aqui pra devolver, aquela centrífuga que me emprestou, nem sei se ainda serve, mas não estou usando e... Eu ouço todos os barulhos da casa, até mesmo os da rua, e é bom pensar que mais gente quer saber dele. Não que fizesse muita diferença, pra mim, se vivo ou morto, amigo ou inimigo, se se culpa ou me culpa ou se não há culpa, o que espera de mim? Que continue, aqui, nesta casa que precisa de novo de reformas, que vá embora sem despedidas pra que possa voltar. Gisela trouxe musselina de morango e pediu permissão pra vasculhar a casa, começando de baixo. O primeiro andar, meio andar, o pedaço do Lúcio, disse ela, e contornou minha falta de ar com uma fala comprida e estranha. Cada canto, um pedaço de meu pai que essa estranha mulher me oferta em meio às teias de aranha, à ferrugem, à falta de jeito, aos entulhos esquecidos dentro e fora de mim, quer dizer, da casa. A um canto, uma mala bege com fivelas vermelhas e uma caixa com fitas de vídeo mofadas. "Que objetos tão especiais pra uma foto", estava escrito nos olhos dela, uma bicicleta sem uma roda, muitas garrafas vazias, uma prateleira de xícaras de café, uma gaveta de calcinhas pretas, todas pretas por quê? A quem pertenceram, pensei eu, alguma coisa a ver com meu pai ou foram da mulher que morou aqui por tantos e tantos anos? O tamanho diria qualquer coisa, mas tive nojo, pudor, medo. Pensei em minha mãe. Gisela disse, Estão com etiquetas, o que me confundiu um pouco. Ou são de meu pai e ele comprou pro seu prazer de cheirar, quem sabe, olhar, presentear, e ele fica ainda mais estranho pra mim: um velho senhor cheirador de coisas íntimas ou... Devem ser de algum figurino, disse de novo Gisela, e continuou revirando as coisas, abrindo caixas e malas, gavetas, e colocando tudo de volta no lugar, como se nunca tivesse estado ali. De repente me dei conta de que ela procurava alguma coisa especial, de que não só olhava, como eu, já com um crescente interesse, embora muito desconfiado, ela queria um diário, estava procurando coisas escritas. Eu, então, só pensava em voltar ali à noite, sozinho, e explorar aquela bela gaveta de calcinhas pretas pra entender meu pai, de que era feito meu pai, e procurei o interruptor, experimentei todos olhando pra cima e nenhuma lâmpada por onde a luz pudesse escapar. Gisela olhava fotografias de uma mulher sentada no chão, toda suja de poeira, olhava pra mim e pensava, certamente, em abrir uma janela, deixar a nuvem de pó sair, e eu, imóvel, encostado na porta do quarto, quase preso à madeira, sem perceber a aranha que se movia devagar no canto esquerdo. Depois ela me esqueceu ou me deixou à vontade pra desvendar todos os cantos escuros e muito mais que quatro daquele quarto de despejo que me caía muito bem, eu mesmo objeto sem valor, há muito esquecido dentro de um cômodo de portas um pouco emperradas. Aqui, trancado nessa casa que me foi imposta, penso, o que sou é um tesouro de observações introdutórias sobre eles. Meu pai, que, estando lá na alvorada da morte de minha mãe, não fez mais que apanhar o fraque ou a sobrecasaca de alguma ilusão, descer as escadas, estou certo, não chamou nenhum elevador, desceu os quase 140 degraus de uma escadaria escura e cheirando a mofo, sem se encontrar no final, abriu a porta, olhou o corpo estendido no chão como se seu parentesco com aquilo, aquilo derramado no chão, não lhe dissesse respeito, como se ele, enfim, estivesse por ali de passagem e calhou de estar na mesma calçada que a infeliz mulher morta, já quase sem sangue, como se tivesse que levantar uma das pernas e dar seu passo por cima do corpo da mulher quase com nojo, com gestos não de curiosidade, nem de pavor, com gestos de nojo (de alguma perplexidade?) que lembraram a mão ocupada com o casaco, melhor dizer logo, vestiu-o e virou as costas pra aquilo estendido no chão, e o que se via era um homem de sobrecasaca afastando-se lentamente daquele lixo que caiu com descuido da janela do sétimo andar, uma janela que não lhe dizia mais respeito, a mulher, uma desconhecida atriz que quando chorava deixava sair uma meleca do nariz, uma atriz desconhecida que tinha um descontrole nas mãos, uma atriz sem palco e sem papel, que foi enterrada como indigente depois de passar as primeiras horas de um domingo de sol espalhada numa calçada da rua do Catete, enquanto ele, meu pai, se afastava, morto e de sobrecasaca, enquanto eu comia hambúrgueres em alguma rua suja de New York, New York, sim, eu comia hambúrgueres na língua deles, uma atriz cujos pedaços ficaram numa cama fria de um necrotério esperando que seu filho, seus filhos, todos descendentes de sua tradição, fossem lá fazer reconhecimento, e ninguém, ninguém.

Uma atriz de quem se falará daqui a alguns anos como o melhor que tivemos num determinando tempo, no caso, hoje, mas hoje daqui a anos, um tempo no passado, que não oferece mais equívocos, que pode ser resgatado só com sua beleza e acertos, absolvendo a todos, os que não a conheceram, os que não quiseram reconhecer o corpo, os que descendem dela diretamente. Ela, essa atriz que com sua presença sempre nos convenceu de tudo o que no fundo é falso, que teve erros maiores que acertos, uma fraqueza em pessoa, ela, que podia ser manipulada por qualquer um, ela, que se alimentava do que lia no jornal de domingo e das briguinhas de atores, ela, cheia de confusões, bonita e feia, má e boa, será a atriz de toda uma época, será, de lá na frente, olhando-se pra trás, a grande representante das mulheres, o último instantâneo da inteligência de uma época em que a arte não tem mais nada a oferecer de novo, em que as atrizes se limitam a desempenhar papéis satisfatórios, apenas não abaixo da média, enquanto os críticos esperam o novo, o novo que se espatifou na calçada dessa rua movimentada, que não teve ninguém pra reconhecer o corpo no necrotério, que foi enterrada como indigente pra ser ressuscitada quase cinquenta anos depois como a excelente atriz de cujo nariz saía uma esplêndida meleca, uma meleca que secava imediatamente e voltava ao nariz quando a boca ou o diretor exigia uma gargalhada. Essa, minha gente, essa que as pessoas não viram porque ocupadas em dirigir ou se sustentar no lombo do gigante animal que não para de correr, essa é minha mãe, de quem sei pouco mais que os que viram a meleca no palco, sobre quem lia, também nos jornais de domingo, de quem recebia os mais intrigantes convites sempre pra uma representação, de quem obtive poucos beijos, mas sempre o sagrado de antes de dormir, com seus lábios vermelhos e úmidos. Dela sei mais, *see more*, das brigas e das cartas ou telefonemas pro meu pai, pedindo ajuda pra me mandar pros Estados Unidos, ou pra França, me preservar das picadas de mosquitos, que continuam mesmo que a cidade se modernize, me desincumbir de um passado medíocre demais pra quem quer ser cineasta, me dar o que eles não tinham e que é impossível obter aqui, uma língua nova, uma identidade nova, um gênio novo, o filho tem que ser maior que os pais e de meu nariz não sai meleca, nem tenho os lábios vermelhos, meus olhos têm que ver mais, mas algo como uma cabine sem motorista, duas cordas amarradas a um animal sem freio me impedem de ver o que tem mais, o que pode vir de minha mãe e de meu pai que me faça novo, que justifique o derradeiro gesto de um herdeiro equivocado, desapaixonado, meio distraído comedor de hambúrgueres e vedor de TV, que oscila entre a alegria feroz de quem recebe e a tristeza quase discreta que se busca guardar nos bolsos e que pesa quando ninguém vê, uma ponta que cresce nos bolsos e aparece sob a barra da calça, acima do ombro, jorra até quando se pode ficar em casa escondido, quando ninguém vê e é preciso ver mais, *see more, see more, see more*. Eles não estavam, digamos, estourando de tanta saúde mental, que pudessem me manter por aqui. Meu pai, onde os talentos de meu pai? Aqui só descubro caixas mofadas, pequenas coisas enterradas no pó, sucessos que se converteram em fracassos, dois livros infantis, um começo de romance pra adultos com um post it amarelo que diz, Não gaste seu dinheiro com livros neste lugar onde as pessoas nem conhecem direito sua língua, eles não merecem, assinado Dietrich, e a data de 1986, e parece que meu pai leu isso e se impressionou ou resolveu usar o dinheiro com champanhes, porque o livro está no porão, entre pó e mofo, sem nada pra dizer, nem fracasso, nem sucesso, não sei quem mais incapaz, se o escritor de um dia por acaso tive uma ideia e pensei pôr no papel, ou se o sem tempo, com outras coisas pra fazer que se ocupar em decifrar letras escritas que um qualquer resolveu pintar num papel, tudo igual, *but see more*. A herança de meu pai, digamos, me pesa com essa moça que forçou a porta, que não sai daqui, sementeira fértil que sabe ler a casa melhor do que eu, que enfrenta tudo com um coração flechado na cara, a boca doce como um balcão de confeitaria e um bastão nas mãos, se chegar muito perto me desmonta inteiro e espalha meus pedaços em todos os cantos da casa, me semeia e esquece de regar pra que eu definhe e vire monumento à conquista e possa dizer, Pessoas demais nessa casa, mortas, mas pessoas demais. Mesmo inteiro eu não desenvolvi a capacidade de deixar rastros, meu peso é nulo apesar dos quilos e posso me movimentar sem barulho e sem ser visto, uma estrada de pó atrás de mim e olho por onde passei e não vejo nada, pegadas, nem uma, como se tivesse vindo com um par de asas. Uma pessoa assim não causa incômodo, Gisela, nem pra bem, nem pra mal, o máximo que você pode ouvir é um corpo em deslocamento no ar, ou é o ar que se desloca, e o corpo -- ----------------? Mas já tem um som assim na casa e uma imagem que desincha na sala de jantar (em alemão?) e se incorpora à cadeira vermelha com furos. De meu pai só um complexo, o de Kafka, anunciado por um amigo de minha mãe, a única pessoa do mundo que nos visitou, o psicanalista, que me fez ler o escritor tcheco pra tentar descobrir meu pai. Uma nova doença, dizia, Muito característica dos tempos chamados pós-modernos, um desejo irrefreável de começar sempre novos projetos sem terminar qualquer. Um gole de chá e ele explicava, Uma anomalia natural presente em todos os indivíduos. Fazia uma pausa enorme, olhando pro chão da sala, e, Pode ser controlada cultural e socialmente sem ajuda de terceiros, a não ser quando ocorre um descontrole, e se perdia de novo em alguma mancha do sofá. De descontrole entendo bem, as mãos de minha mãe, a falta de vontade de viver de meu pai, o verbo flutuar sempre sem água, os projetos mirabolantes, aprender a ler sozinho antes dos cinco anos de idade por absoluta falta do que fazer, sem ajuda de ninguém, somente pulando de livro em livro. Meu pai e seu terrível modo de se vestir, a eterna camisa vermelha, calças ou bermudas bege, sandálias abertas com meias vermelhas por baixo, meu pai e essa casa que precisa ser minha e que preferia não ter, ele e seus retratos pela metade, cada canto uma descrição incompleta, um papel, uma fotografia, uma gaveta, uma caixa de entulhos, ele e suas coisas velhas que ninguém mais quer, ele e suas namoradas classificadas por dias da semana, seu saber, sua alardeada inteligência, seu gosto por todos os tipos de fuga até a saída final, em que levantava os pés com sandálias exibindo meias vermelhas, vestia a jaqueta velha (de que cor?) ou a sobrecasaca de morto e se afastava de mim, de minha mãe e de mim, como se cuidasse de não se sujar com nosso sangue. Esperei já muito que ele voltasse e quase o vi subindo de dois em dois os degraus, como fazia toda vez que subíamos juntos as escadas do velho apartamento da rua do Catete. Essa casa, seu quarto, é hoje um cômodo cinzento de poeira, um depósito de refugos que pelo menos três gerações foram acumulando sem organizar ou selecionar, e eu estou aqui, a nova geração do acúmulo ou o próprio acúmulo, a menos que me decida a fazer da casa uma coisa nova, jogar fora esses móveis antigos de bom jacarandá, escuros e cheios de um passado que não me serve mais, pintar essas paredes de vermelho e branco, mudar a iluminação, colocar lâmpadas que funcionem, espalhar almofadas coloridas e um ou dois sofás, fazer um sistema de captação de energia solar e de água das chuvas, limpar o mato do quintal, jogar fora todos os objetos antigos, os de valor e os sem valor, modernizar, envernizar as novas portas, mudar as janelas, queimar os armários e todas as coisas de mulher, jogar fora os talheres de prata, os pratos e xícaras de porcelana, tirar aquela toalha feia da mesa, tirar a mesa, não contar, mostrar, sobretudo queimar a cadeira de estofado vermelho com furos, colocar TV e internet, organizar os fragmentos, trocar o fogão, fazer uma lista de locais que entregam comida, fazer estantes pros livros, colocar ar-condicionado, citar, uma escrivaninha e uma cadeira novas, demolir a banheira e colocar uma de hidromassagem, mudar o aquecedor, comprar roupas de cama nova, ter alguma originalidade na montagem, queimar esse colchão com a cama e tudo, cuidar pra que não fique nenhuma fotografia, nenhuma história, morar no terceiro andar e alugar os outros dois andares, construir uma escada alternativa (ou colocar um elevador?) com um financiamento qualquer. Tudo isso eu posso fazer e a casa ainda será a mesma.

Agradeço: Álvaro Costa e Silva, Carlito Azevedo, Cláudia Sampaio, Georges Perec, Glauber Rocha, Godard, Gonçalo M. Tavares, Henry James, José Mário Tamas, Leonardo Gandolfi, Lúcio Cardoso, Machado de Assis, Manoel Ricardo de Lima, Marcel Mauss, Maria Gabriela Llansol, Nelson Rodrigues, Nietzsche, Paloma Vidal, Robert Walser, Roberto Bolaño, Sidnei Cruz, Stanislaw Lem e Tennessee Williams.

Impressão e Acabamento:
GRÁFICA STAMPPA LTDA.
Rua João Santana, 44 - Ramos - RJ